Maria Magdalena Rapp-Blumenthal

Erinnerungen
an Silvio Gesell und Georg Blumenthal

Hinweise und Personenregister im Anhang

Maria Magdalena Rapp-Blumenthal

Erinnerungen an Silvio Gesell und Georg Blumenthal

sowie
Erinnerungen an Georg Blumenthal
von Arthur Rapp

3. Ausgabe

Herausgegeben von Anselm Rapp

Bibliografische Information der Deutschen Nationalbibliothek: Die Deutsche Nationalbibliothek ver-
zeichnet diese Publikation in der Deutschen Natio-
nalbibliografie; detaillierte bibliografische Daten
sind im Internet über dnb.dnb.de abrufbar.

Maria Magdalena Rapp-Blumenthal:
Erinnerungen an Silvio Gesell und Georg Blumenthal

Herausgeber und © 2024: Anselm Rapp, München

Fotos: Privatbesitz

Erste Ausgabe 1988 im Eigenverlag
Zweite Ausgabe 1990 bei INWO (als PDF 2010 und 2015)

Dritte Ausgabe 2024

Verlag: BoD • Books on Demand GmbH, In de Tarpen 42,
22848 Norderstedt
Druck: Libri Plureos GmbH, Friedensallee 273, 22763
Hamburg

ISBN 978-3-7597-1545-6

Maria Magdalena Rapp-Blumenthal

Inhaltsverzeichnis   Seite

7

Silvio Gesell

1862 - 1930

"Was kann ich denn dafür, daß ich so
verliebt bin in diese Proletarier?"

(Gesell an Blumenthal)

Verehrte Freunde Silvio Gesells!

Eure Anregung, meine Erinnerungen an Silvio Gesell schriftlich festzuhalten, "ehe es zu spät ist", ist in der Tat erwägenswert, nur wahrscheinlich leichter gesagt als getan. Denn, wie Ihr wißt, ist seit Gesells Tod ein halbes Jahrhundert ins Land gezogen und seit seiner Lebenszeit noch viel mehr, so daß viele Erinnerungen verblaßt sind. Dennoch ist in all diesen Jahren das faszinierende Bild seiner einzigartigen Persönlichkeit lebendig geblieben im Herzen derer, die das Glück hatten, ihn persönlich zu kennen. Inzwischen ist aber auch sein großartiges Werk zur Befreiung vieler Menschen aus Armut, Angst und Not, Abhängigkeit, Ungerechtigkeit und Arbeitslosigkeit durch ein überraschend einfaches, gerechtes Geld- (und Boden-) System zur Ankurbelung der Wirtschaft und gleichzeitigen Behebung der Arbeitslosigkeit in weiten Kreisen des In- und Auslands bekannt und geschätzt.

Gesells hohes, wenn auch wohl noch fernes Ziel ist es, die Grenzen zwischen den Völkern zu öffnen, zu freiem Verkehr und Handel, ohne Zölle und andere Hindernisse. Dadurch würden Kriege und immer schrecklichere Waffen und deren immense Kosten unnötig und sinnlos. Und vor allem: Wir, die wir uns gegenseitig töten sollen, hassen uns nicht, wie der friedliche Tourismus beweist. Alle Menschen, die Gottes herrliche Erde bewohnen, wollen Frieden - ewigen Frieden, wie Gesell ihn uns durch seine genialen Vorschläge verspricht.

So fing es an:

Unser Vater, Georg Blumenthal, der sich schon als junger Mann für die Bodenreform interessierte, zugleich aber die Rolle des Geldes kritisch zu betrachten begann, stieß in einer Zeitschrift Damaschkes auf ein Inserat: "Die Geld- und Bodenreform v. Silvio Gesell". Sofort schrieb er an die angegebene Adresse und bestellte ein Exemplar der betr. Schrift.

Hocherfreut, einen Interessenten zu finden, meldete Gesell sich kurzerhand bei seinem unbekannten Besteller an und reiste aus der Schweiz nach Berlin, in die Elbingerstr. 31 am Friedrichshain, wo wir damals wohnten.

Dort wartete Georg Blumenthal mit Frau Jenny und uns drei Kindern (Hanna, Maria und Lotti) gespannt auf den Besuch aus der fernen Schweiz. Alles war natürlich blitzblank, und ein Blumenstrauß aus dem Gartenstück prangte auf dem Tisch. Endlich klingelte es! Alle stürzten an die Tür, die der Vater öffnete. Und da stand ein vornehm gekleideter Mann mit blitzenden Augen und einem vertrauenerweckenden Bart. Und als er so die ganze Familie versammelt sah, brach er in ein herzerfrischendes Lachen aus, in das die ganze Familie einstimmte. Und schon war die Freundschaft für das ganze Leben geschlossen!

Von da an besuchte uns der "Onkel Silvio" des öfteren. Uns Kindern brachte er stets etwas Wunderschönes mit. Einmal einen handgroßen, leuchtend blauen Schmetterling mit seidigschimmernden Flügeln, oder auch ein winziges buntes Vögelchen mit seinem selbstgebauten Nestchen, perlmuttfarbige

Muscheln, die rauschten, wenn man sie ans Ohr hielt, eine schön gezeichnete Schlangenhaut, Seesterne etc. und öffnete uns so Herz und Augen für die geheimnisvollen Wunder der Natur.

Irgendwann sind wir umgezogen nach Lichterfelde, einem Vorort von Berlin. Ich weiß nicht, in welchem Jahr, doch haben wir Mädchen dort ein Lyzeum besucht, wenn auch in verschiedenen Klassen. Also muß es etliche Jahre später gewesen sein. Unser Vater gab seinen Postdienst auf und eröffnete auf Gesells Rat ein (Gemischtwaren-) Geschäft, "da es die beste - nicht von vornherein festgelegte - Möglichkeit sei, vorwärtszukommen".

Hier kamen nun, meistens sonntags, die neugewonnenen Gesinnungsfreunde zu ihren Diskussionen zusammen, an denen oftmals auch Gesell, manchmal auch Persönlichkeiten aus der internationalen Bewegung, u.a. Dr. Engert aus Dresden, Dr. Christen oder Fritz Schwarz aus der Schweiz, Paul Klemm und Dr. Stanicic aus Siebenbürgen teilnahmen. Unsere Mutter bzw. "Frau Jenny" und wir Mädchen sorgten für das leibliche Wohl der Gäste und hörten auch gerne dem Gespräch der Männer zu.

Während Hanna sich schon bald an diesen Gesprächen beteiligte, kristallisierte sich für mich allmählich ein leuchtendes Bild heraus, wo es nur noch glückliche Menschen gab, die in ewigem Frieden, Freiheit und Freude sorglos leben konnten. Die "graue Theorie", die das Wunder vollbringen sollte, interessierte mich in dieser Zeit noch kaum.

13

In diese Jahre fiel auch die Wandervogel-
zeit. Wenn wir Mädchen des Sonntags nach
Hause kamen, und Gesell war anwesend, mußten wir ihm alles erzählen, was wir erlebt
hatten und unsere schönsten Lieder singen,
von Geige und Klampfe begleitet: Ein Lied
von einem Jäger, der in den Wald ging "und
der Fink der pfeift und der Kuckuck schreit
und die Hasen kratzen sich am Bart", gefiel
ihm besonders gut und dann lachte er
fröhlich und brummte es mit in seinen
eigenen Bart.

Mich zog es damals schon sehr stark in die
Welt der Poesie, und so widmete ich mich
neben meinen Aufgaben entsprechender Lite-
ratur. Ich entdeckte Rilkes Dichtung, durch
die sich eine berauschende innere Welt für
mich auftat und mich der Gedankenwelt der
Freiwirtschaft teilweise entzog. Dadurch
fühlte ich mich veranlaßt, eines Tages Gesell zu gestehen, daß ich mich nicht, wie
meine ältere Schwester Hanna, aktiv für die
Freiwirtschaft einsetzen könne.

"Ach", erwiderte er lachend, "mach dir doch
deswegen keine Gedanken; überlaß das den
Männern". Und ernsthaft fügte er ein Zitat
(vermutlich von Angelus Silesius) hinzu:

"Die Braut erwirbt sich mehr mit einem Kuß
um Gott als alle Mietlinge mit Arbeit bis
in den Tod."

So wußte er stets unsere Ängste oder Unver-
mögen, wie in meinem Fall, in verheißungs-
volle Zuversicht zu verwandeln. Da lag es
nahe, daß er uns Mädchen immer mehr ans
Herz wuchs und auch die Freundschaft zwischen ihm und den Eltern sich vertiefte.

Ungefähr zu dieser Zeit erschien das bedeutende Werk von Max Stirner "Der Einzige und sein Eigentum" in einer Privatausgabe von John Henry Mackay, zu dessen exclusivem Freundeskreis sich auch Blumenthal zählen durfte. (Ein handsigniertes Exemplar dieser Prachtausgabe mit der Nr. 507, ein Geschenk Mackays, befand sich noch im Nachlaß meines Vaters.) Als mich mein Vater einmal zu einem Besuch Mackays mitnahm, imponierte mir, noch ehe der Diener uns öffnete, ein an der Gartentür angebrachtes Schild "Unangemeldete Gäste werden nicht empfangen". Erst viel später beschäftigte ich mich selbst mit Mackays Werk. Besonders begeisterten mich seine Gedichte. In seinem aufrüttelnden "Sturm" wendet er sich im Geist an seine revolutionären Kreise. Aber tief berührten mich seine zarten oder leidenschaftlichen Liebesgedichte, deren hinreißende Kunst der Sprache mich bis zu Tränen bewegte. Übrigens entsprach sein Äusseres kaum dieser Seite seines Wesens. Er war von hoher, kräftiger Gestalt und hatte ein ausdrucksvolles, eher verschlossenes Gesicht.

So sahen denn Gesell und der sich zusehends vergrößernde Kreis seiner Anhänger voll Zuversicht in die Zukunft.

Gesell hatte sich in Berlin-Steglitz ein Zimmer gemietet, um die Zeit für die Heimfahrten nach Eden-Oranienburg zu sparen. Von hier aus konnte die Öffentlichkeitsarbeit zusammen mit den gewonnenen Freunden besser geplant in die Praxis umgesetzt werden.

Insbesondere ging es um die Veranstaltung von Vorträgen, Diskussionsabenden und Vortragsreihen, zunächst in Berlin, aber auch im ganzen damaligen Reichsgebiet. Überall gab es bald freiwirtschaftliche Ortsgruppen, sogar in Österreich und in der Schweiz. Als Redner standen zur Verfügung: Blumenthal, Batz, Bur Suhren, Haacke, Timm und andere.

Die relativ größten Erfolge wurden in der Schweiz erzielt. Von den ersten Pionieren lebt noch Willy Hess in Winterthur, der sich noch immer mit Schriften, Aufsätzen und Vorträgen für die Gesell'sche Sache einsetzt - und das neben seiner ausgedehnten beruflichen Tätigkeit als Komponist, Instrumentalist und Musikschriftsteller, darunter z.B. eine Beethoven-Biographie, erschienen in 2. Auflage 1976 (364 Seiten).

Inzwischen war das Jahr 1914 herangekommen, und Gesell befand sich wieder einmal in Argentinien.

Bei längerer Abwesenheit Gesells von Berlin führten die beiden Freunde einen lebhaften Briefwechsel, aus dem auch folgender Brief stammt, den Silvio Gesell aus Buenos Aires an Georg Blumenthal schrieb. Gesell bezieht sich darauf, daß Blumenthal ihm die neueste Nummer der von beiden gemeinsam herausgegebenen Zeitung "Der Physiokrat" - von Gesell scherzhaft "physiokratischer Säugling" genannt - geschickt hatte.

Buenos Aires, 6. März 1914.

Mein lieber Freund!

Mit der guten Kost, die Sie dem physiokratischen Säugling geben, muss, meine ich, das Baby gedeihen und wachsen, fröhlich wie alle Säuglinge, langsam, fast unsichtbar, aber stetig. Geduld, Geduld. Bald wachsen ihm die Zähne zu seiner Verteidigung.

Ich denke, Ende April, Anfang Mai von hier abzureisen. Bin allerdings noch sehr beschäftigt, aber es sind Arbeiten, deren Ende ich jetzt genau absehen kann. Die Geschäfte gehen übrigens hier im allgemeinen recht schlecht und es bedarf besonderer Umsicht, um nicht in finanz. Schwierigkeiten zu geraten, die Leuten, bei der Zugeknöpftheit der Banken ganz besonders gefährlich sind.

Heil + auf frohes Wiedersehen

Gesell

Briefe, die Sie kurz nach Empfang dieses abschicken, werden mich wohl noch erreichen.

In diese trotz allem in mehrfacher Hinsicht hoffnungsvolle Zeit brach der erste Weltkrieg wie ein plötzlicher Donnerschlag herein. Von einem Tag zum anderen veränderte sich alles. Gesell mußte zu seiner Familie in die Schweiz abreisen, unser Vater (Blumenthal) wurde zu einem militärischen Innendienst einberufen. Sämtliche Lebensmittel gab es nur noch auf Karten und Textilien auf Bezugsscheine, die nur sehr begrenzt auf Antrag ausgegeben wurden, was einen starken Rückgang unseres Geschäfts zur Folge hatte. Anstelle der anfänglichen Hoffnung der Bevölkerung auf einen schnellen Sieg und baldiges Ende des Krieges, hatten sich längst Enttäuschung, Hunger und vor allem Angst sowie Trauer über die gefallenen Männer verbreitet.

Unter dem Eindruck des kriegerischen Geschehens schrieb Gesell an Blumenthal einen Brief, dessen Datum leider nicht feststellbar ist. Es könnte sich um einen Weihnachtsbrief 1914 handeln:

Herrn Georg Blumenthal

49 Ringstrasse, Berlin-Lichterfelde

Lieber Freund!

Wenn die Völker jetzt doch die Augen zum gestirnten Himmel erheben möchten! Wie klein und unwürdig würde ihnen allen das Gezänke auf Erden erscheinen. Wie schnell würden sie sich vertragen.

Friede! Das ist mein Wunsch und Gruss!

Gesell

Unserer Mutter riet Gesell in einem Brief aus der Schweiz, unser Geschäft zu verkaufen und uns auf dem Lande anzusiedeln, mit entsprechenden Ratschlägen. Tatsächlich entschloß sie sich auch, Silvios Rat zu befolgen. Sie reiste, auf Annoncen hin, durch die Lande, und fand schließlich in Pommern, in dem zwischen Stralsund und Greifswald gelegenen Dorf "Neu Milzow", einen etwas abseits gelegenen Bauernhof mit 20 Morgen Land, zwei Pferden, zwei Kühen, einem Kälbchen und einigen Hühnern. Das ältere Bauernpaar, das schon einen seiner beiden Söhne verloren hatte, war sicher froh, einen Käufer ihres Anwesens gefunden zu haben, und so vollzogen sich die Verhandlungen ohne Schwierigkeiten. Während des Umzugs und den geschäftlichen Regelungen hatte ich Gelegenheit, auf einem Rittergut mir die nötigsten Kenntnisse wie Melken, Füttern anzueignen. Natürlich brauchten wir für schwere Arbeiten noch einen erfahrenen Knecht, und zur Landbestellung wie Kartoffelnlegen und -ernten ein paar Frauen aus dem Dorf, die auch beim Getreideernten halfen. Und so machten wir uns dann gemeinsam an die Arbeit, die uns bald zur Gewohnheit wurde. Bald liebten wir auch unsere neue Heimat in ihrer ländlichen Schönheit. Besonders ein Stück Moor, das zu unserem Land gehörte und wegen seiner starken Farbkontraste, dem hellen Grün der Birken, dem Gelb des Ginsters und dem zartflockigen weißen Wollgras auf dem schwarzen Boden ein malerisches Bild ergab, das Hanna in schönen Aquarellen festhielt. Oft dachten wir an Silvio, dessen besorgter Initiative wir unser Landleben, fern der Städte verdankten, und natürlich unserer Mutter, die seinen Vorschlag so mutig verwirklicht hatte, galt unser Dank.

Unserem Bruder Hänschen, Silvios Söhnlein, der 1915 zur Welt gekommen war, gefiel es auf dem Bauernhof offensichtlich wunderbar. Georg und Jenny hatten sich in beiderseitigem Einverständnis getrennt, blieben aber weiterhin in familiärer Verbindung. Und "Tante Anna", Silvios Ehefrau, die das entsprechende Alter längst überschritten hatte, wußte um Silvios geheime Sehnsucht nach einem Sohn, der einmal das Werk seines Vaters fortführen würde. Denn seine Söhne Fridolin und Carlos schienen vorwiegend kaufmännische und technische Interessen zu haben. In späteren Jahren leitete Ernesto Fridolin die von seinem Vater gegründete

"Casa Gesell", während Carlos zum Erfinder zahlreicher patentierter Geräte und zum Gründer des Badeortes "Villa Gesell" ("Gesell-Stadt") wurde, der unter seiner Leitung zum zweitgrößten Seebad Argentiniens heranwuchs. Das politische Interesse rangierte bei beiden offensichtlich nicht an erster Stelle, obwohl vor allem Ernesto Fridolin nach dem Tod seines Vaters viel für die Verbreitung der freiwirtschaftlichen Lehren in Lateinamerika getan hat.

Doch das war Jahrzehnte später. Vorläufig tummelte sich Hänschen auf dem Hof herum, schloß Freundschaft mit einem Entlein, das wir wegen eines lahmen Flügels "Dädalus" getauft hatten, und das ihm auf Schritt und Tritt folgte und sich streicheln ließ. Besonders liebte er - wie wir alle - eine große getigerte fremde Katze, die sich eingefunden hatte und ganz zutraulich geworden war. Hänschen schleppte sie oft mit sich herum, was sie sich alles schnurrend gefallen ließ. Das wurde ihr leider zum Verhängnis. Unser Knecht hatte sie dem Hänschen abgenommen und auf grausame Weise getötet, was doch uns allen großen Kummer bereitete. Auch ein Pferd ging seinetwegen ein.

Sehnsüchtig warteten wir alle immer auf Post, denn geistige Nahrung war hier natürlich Mangelware. Ab und zu hatten wir auch Besuch aus der verlassenen Heimat.

Unser Vater verbrachte seinen kurzen Urlaub bei uns und genoß es, sich hier nicht als "Untertan" fühlen zu müssen, wie beim Militär. Tief berührten ihn Erinnerungen an seine Kindheit: Die ländlich lehmige Straße mit den tiefen Räderfurchen, die z.T. noch strohgedeckten Häuser mit den kleinen, mit bunten Blumen bepflanzten Vorgärten, die bäuerlichen Menschen und ihre Tiere - vor allem aber das Moor, das eine merkwürdige Anziehungskraft auf ihn ausübte.

Schweren Herzens verließ unser Vater unser idyllisches Dorf, um sich wieder bei seiner verhaßten militärischen Dienststelle einzufinden.

Als nächsten Gast erwarteten wir unseren längst zur Familie gehörenden, guten alten, sehr musikalischen "Onkel Klinger", der - nebenbei - auch eine sehr wertvolle Hilfe für uns bedeutete. Auch Gesell kannte ihn und mochte ihn gern.

Doch auf Silvio selbst sollten wir noch lange warten müssen. - - -

Von der "Front" erfuhren wir durch eine Dorfzeitung jeweils von unseren "Siegen", während das Blatt sich schon längst gewendet hatte.

Bemerkenswert ist es vielleicht, daß unsere Mutter es fertigbrachte, in dem ganzen Dorf elektrisches Licht legen zu lassen. Es mußten viele Bäume gefällt, die Stämme geschält, tiefe Löcher gegraben werden, ehe die Leitungen gelegt werden konnten. Keiner von den Bauern war bereit, sich zu beteiligen; erst als alles fix und fertig und bezahlt war, ließ sich einer nach dem anderen an das Stromnetz anschließen. - - -

Die Bauernhöfe lagen an einer langen Straße, unserer war der letzte auf einer kleinen Anhöhe. Am entgegengesetzten Ende der Straße stand eine Mühle, eine richtige romantische Windmühle, die wir mächtig gerne aufsuchten. Dazu gehörte ein Laden mit Bäckerei sowie viele Morgen Land und ein großer Viehbestand. Übrigens hätte ich die "Frau Müllerin" werden können. Der älteste der drei Brüder fragte mich nämlich eines Tages, als wir Schwestern wieder einmal die Mühle aufsuchten: "Möchtest du mich heiraten?" und erklärte mir: "Ich habe mich nämlich, als ich dich das erste Mal sah, gleich in dich verliebt, weil du solche Beine wie Sektflaschen hast." Darüber haben wir Mädchen uns auf dem Heimweg, als ich es erzählte, wie man so sagt "halbtot gelacht". Damit ist nichts gegen den wirklich sehr netten, tüchtigen und gutaussehenden jungen Mann gesagt, doch der Heiratsantrag entbehrt sicher nicht der Originalität! Ich dachte noch gar nicht ans Heiraten und wollte auch nicht für immer auf dem Lande leben. Später erfuhren wir vom Tod des jungen Mannes, der mit der Hand in das Triebwerk der Mühle geraten war und sich einen Tetanusbazillus zuzog.

Lotti hatte übrigens in einem der jüngeren Brüder einen Verehrer - was mich einmal - etwas später eines Abends sehr in Verlegenheit brachte, worauf ich noch zurückkommen werde.

So verging denn die Zeit, die Jahreszeiten und die Jahre, und der Krieg nahm kein Ende, was uns in wachsende Verzweiflung stürzte, vor allem im Hinblick auf die furchtbaren Opfer, die er forderte. Selbst hier in unserem Dorf hatten schon mehrere Familien die befürchtete Nachricht erhalten, daß der Mann, Sohn oder Bräutigam "Auf dem Feld der Ehre" gefallen sei, der doch auf dem Lande so unentbehrlich war, abgesehen von dem unfaßbaren, schmerzlichen Verlust.

Nachdem dann auch noch Amerika in den Krieg eingegriffen hatte, glaubte niemand mehr an "unseren" Sieg, und als der Frieden dann endlich geschlossen wurde, löste er zwar Erleichterung, aber auch Erbitterung aus, da alle die schweren Opfer umsonst gebracht worden waren.

Nun aber folgten schwere Unruhen in den Großstädten.

Nachdem der Kaiser abgedankt und in Bayern die Wittelsbacher das Feld geräumt hatten, entbrannten die innenpolitischen Machtkämpfe um die Nachfolge.

Da hielt es Gesell nicht länger auf seinem friedlichen Bauernhof in der Schweiz. Jetzt war die Zeit großer Entscheidungen gekommen und somit die Möglichkeit, sein Wissen in die Tat umzusetzen. Kurz entschlossen reiste er unter schwierigen Umständen nach München und geriet alsbald in den Strudel der wechselvollen Ereignisse, die mit scharfen Waffen ausgetragen wurden. Nachdem auf seinen Rat noch Dr. Christen und Prof. Polenske eingetroffen waren, nahmen sie Verbindung mit der amtierenden Räteregierung auf. Einigen führenden Persönlichkeiten, denen Gesells Werk bekannt war, gelang es, Gesell als Finanzminister vorzuschlagen und durchzubringen.

Durch unsere Kriegszeitung erfuhren wir von den Ergebnissen des mit äußerster Rigorosität geführten Kampfgeschehens, das wir mit großer Sorge verfolgten, und aus dem schließlich mit Hilfe des Militärs die Sozialdemokratische Partei siegreich hervorging.

Als endlich, nach langem sorgenvollem Warten, ein Brief von Silvio eintraf, kam er aus dem Gefängnis! Leider war es nicht gestattet, dorthin zu schreiben, doch Lebensmittel durften geschickt werden. Diese Möglichkeit ließen wir uns natürlich nicht entgehen und packten ein Paket, das wohl reichlich viel Butter enthalten haben muß, was aus Silvios Dankesbrief hervorgeht. Bemerkenswert an diesem für Gesell typischen Brief, seine Absicht, den ihm aufgezwungenen wochenlangen Aufenthalt in der vergitterten Zelle als nahezu angenehm zu schildern, um uns keine Sorgen zu machen.

Tatsächlich aber mußte ihm die Beschränkung seiner Unabhängigkeit und Freiheit, die ihn zu völliger Isolation und Untätigkeit verdammte, und zwar in nichtendenwollenden Stunden, Tagen, Nächten und Wochen, zur unerträglichen Qual werden.

Dazu kam, daß er sich schwere Sorgen um Dr. Christen machte, der gleich ihm in einer Zelle saß und zu den seelischen noch sehr große neuralgische Gesichtsschmerzen ertragen mußte.

Dr. Engert und Frau Käthe (die wir auch von Lichterfelde her sehr gut kannten) gelang es schließlich, Gesell in einem Lebensmittelpaket einen kleinen Shakespeare-Band, Papier und Schreibstift in die Zelle zu schmuggeln. Unbeschreiblich war Gesells Freude, sein Dank für diese unschätzbare Hilfe! Nun konnte er etwas tun, das Büchlein lesen, es ist "Der Kaufmann von Venedig" von Shakespeare. Liebevoll streicht er

über den bescheidenen Einband, der für ihn
einen kostbaren Schatz verbirgt. Dann
schlägt er es auf. Sein Blick fällt auf die
Worte:

"Dies ist der Narr, der Geld umsonst aus-
lieh. Acht' auf ihn, Schließer!"

Merkwürdig berühren ihn diese Worte, die ja
direkt auf ihn selbst gemünzt sein könnten.
Denn ist es nicht auch sein heißestes An-
liegen, die Menschheit vom Fluch des Zinses
zu befreien? Und der "Schließer" deutet auf
einen Gefängniswärter hin.

Heißhungrig auf etwas geistige Nahrung gibt
er sich der spannenden Lektüre hin. Doch
bald legt er sie wieder aus der Hand. Es
gibt wichtigeres zu tun. Denn nun kann er
endlich seine Verteidigungsrede nieder-
schreiben, die er in der Einsamkeit der
Zelle sich wieder und wieder zurechtgelegt
hatte. -

Er wird sie nicht gebrauchen bei der Gerichtsverhandlung, denn wie man weiß, wurde
er freigesprochen, ohne darauf zurückgrei-
fen zu müssen. Aber sie blieb erhalten in
einer Broschüre mit dem Titel: "Freiwirtschaft vor Gericht".

Einige Zeit vor dem festgesetzten Termin
der Gerichtsverhandlung gelingt es den Ver-
wandten und Freunden Gesells, die gekommen
waren, u.a. auch unsere Mutter, mit Hilfe
einer hohen Kaution die vorläufige Freilas-
sung Gesells und Christens zu erwirken.

Wieder ist es Rolf Engert, der Himmel und
Hölle in Bewegung setzt, um die Summe zusammenzubringen, was ihm auch gelingt.

Rolf Engert hat später ein ganz hervorragendes Buch über die damaligen Ereignisse geschrieben, mit dem Titel "Silvio Gesell in München 1919" (erschienen im Gauke-Verlag, Postfach 1129, 3510 Hann. Münden, 144 Seiten, DM 20,--). Engert ist übrigens ein glühender Verehrer Stirners, wie auch mein Vater (Blumenthal). Ich erinnere mich, daß die beiden Freunde zusammen mit J.H. Mackay sich um die Genehmigung bemüht hatten, das Grab Stirners öffnen zu lassen, was dann auch geschah, und zwar auf einem Friedhof im Norden Berlins, in oder nahe der Bergstraße. Den einprägsamsten Eindruck hinterließ der Schädel mit dem noch vorhandenen langen, glatten, kastanienfarbigen Haar Stirners.

Gesell war also - wie auch Dr. Christen - vorläufig auf freien Fuß gesetzt worden, zunächst nur bis zur Gerichtsverhandlung wegen Hochverrats, diesem unabwendlichen, drohenden Termin. Doch die Freiheit erlaubte ihm, Kraft zu schöpfen, das himmlische Licht zu genießen, die Lungen mit Sauerstoff zu füllen - mit Freunden, die gekommen waren, u.a. auch unserer Mutter, zu sprechen und zu diskutieren und in einem guten, sauberen Bett zu liegen, den Sternenhimmel ohne Gitter über sich zu erschauen und dahinter den lieben Gott zu ahnen.

Wir Geschwister zitterten indessen auch um das Leben Gesells, denn daß in solchen explosiven Zeiten das Leben eines unbequemen "Besserwissers" an einem seidenen Faden hängt, war uns bewußt und ängstigte uns von Tag zu Tag mehr. Doch getreulich hüteten wir das Haus, das Hänschen, unsere Tiere und Blumen und was sonst vonnöten ist auf einem Bauernhof.

Die frohe Botschaft von Gesells Freispruch brachte uns unsere Mutter persönlich - gelöst und glücklich. Nach und nach erzählte sie uns alles, was sie in diesen schicksalsvollen Tagen erlebt hatte. Gesell und Christen sind natürlich so schnell wie möglich abgereist zu ihren Familien. Diese in Furcht und Hoffnung verbrachten Tage haben die Freundschaft zwischen allen Beteiligten vertieft. - Gesell hatte versprochen, uns demnächst einmal in Pommern zu besuchen.

Diese Aussicht löste natürlich große Freude bei uns allen aus. Einen festen Termin anzugeben, war nicht Silvios Art, doch würde er sich ja sicher zuvor anmelden.

Gemeinsam berieten wir, wie wir ihn recht festlich empfangen und nach den Entbehrungen im Gefängnis verwöhnen könnten. Natürlich mußte alles im Haus und in den Ställen blitzblank sein. Wir Mädchen überlegten, womit wir ihm eine kleine Freude machen könnten. Hanna entschied sich dafür, ihm eines ihrer schönen Landschafts-Aquarelle zu schenken, Lotti eine ihrer eigenen Erzählungen, die sie nach persönlichen Erlebnissen verfaßte, zu denen sich in unserem Dorf, ob ernster oder heiterer Art, reichlich Gelegenheit bot. Die größte Freude aber würde ihm natürlich sein Hänschen bereiten, das er nun schon so lange nicht mehr gesehen hatte, von dem er in dem betr. Brief an "Frau Jenny" geschrieben hatte: "Sage ihm, daß ich ihn lieb habe und immer an ihn denke." Sicher setzte er auch große Hoffnungen auf diesen ihm unerwartet noch geschenkten Sohn.

Nun würde er also, nach ca. 3 Jahren, das Hänschen endlich wiedersehen. -

Mir fiel ein - da ich nichts Greifbares zu bieten hatte, ihm meine Blumenbeete zu zeigen, die ich als einzigen Luxus angepflanzt hatte. Besonders stolz war ich auf meine Zynien, die gerade in Blüte standen; von hohem Wuchs und in herrlichen Farben mußte ihn ihr Anblick entzücken. Da gab es solche in reinstem Weiß mit goldenem Kelch, metallisch glänzende messing-gelbe, altgoldene, hell und dunkelrote Blüten.

Ich liebte besonders die sanften Farben in altrosa und mattroten Tönen wie verblichener Samt, auf denen manchmal die Blütenblättchen einer hellen Zynie wie Zacken einer kostbaren Spitze lagen.

Mit Spannung warteten wir nun jeden Tag auf Post, die uns Silvios Ankunft ankündigen würde - aber immer vergeblich.

Ganz unerwartet traf stattdessen ein anderes Ereignis ein.

Unser stets gesundes und fröhliches Hänschen war weinend aufgewacht, und zwar, wie sich herausstellte, mit offenbar starken Leibschmerzen. Nachdem einige schnell angewandte Hausmittel keine Besserung erbrachten, entschloß sich unsere Mutter, eine Blinddarmentzündung befürchtend, nach Greifswald zu fahren, um einen Kinderarzt aufzusuchen.

Hanna bot sich an, sie zu begleiten, um ihr behilflich zu sein. Und so machten sie sich dann fertig, um den gegen Mittag fahrenden Zug zu erreichen. Traurig sah ich ihnen

nach. Nun war plötzlich alles so leer und
verändert.

"Wie still es im Haus ist, seit das Gold-
fischchen tot ist", fiel mir plötzlich ein
Ausspruch Silvios ein, als eine junge
Freundin der Familie abgereist war (und
zwar nach Argentinien, um Silvios Sohn Carlos zu heiraten).

Er ist einfach immer gegenwärtig, dieser
Silvio, dachte ich, aber nun läßt er so
lange auf sich warten. Was macht denn Lotti
eigentlich, fiel mir plötzlich ein. Da
steckt sie gerade den Kopf zur Tür herein
und ruft mir zu: "Ich gehe ins Dorf". "Das
geht nicht," rief ich zurück, "Du siehst
ja, was hier alles zu tun ist und kannst
mich nicht mit der ganzen Arbeit im Stich
lassen." Doch sie lacht nur spitzbübisch,
und fort ist sie. Dahinter steckt doch sicher einer der Müllersöhne, dachte ich ärgerlich und machte mich seufzend an die Arbeit.

Ein großer Korb voll Spinat mußte geputzt
werden, ein Berg Geschirr war zu spülen.
Auch im Stall hatte ich noch verschiedenes
zu tun. Meine Aufgabe war es, die Kühe zu
melken, und mein inzwischen zur jungen
"Starke" herangewachsenes "Blüamli" versorgte ich allein. (Hanna fühlte sich mehr
zu den Pferden hingezogen - die der Knecht
versorgte - und besuchte sie häufig.)

In der ungewohnten Stille kreisten meine
Gedanken unablässig um das Hänschen, das
sonst Haus und Hof mit Leben erfüllte. Zu
der Zeit hatte er damit angefangen, seine
Gedanken in Gesang umzusetzen. So erfuhren
wir eines Tages mit Staunen: "Ich liebe

alle Frauen, nur die Kartoffelfrauen nicht."

Nicht auszudenken war es, wenn ihm eine ernstere Erkrankung zugestoßen wäre.

So in Gedanken versunken ging mir die Arbeit schnell von der Hand, und schließlich war alles geschafft und die Küche in Ordnung. Ich legte noch eine frische Decke auf den Tisch und holte zum Empfang der Heimkehrer einige Blumen aus dem Garten. Dann kleidete ich mich um und konnte mich nun auch etwas ausruhen. Die Zeitung lag noch unberührt da, und so nahm ich sie mir vor und vertiefte mich in die neuesten dörflichen Nachrichten.

In der ungewohnten Stille hörte ich nach einiger Zeit Schritte, die sich dem Haus näherten. Aha, dachte ich, nun, wo alle Arbeit getan ist, stellt sich Lotti wieder ein. Ich war echt ärgerlich auf sie. Na warte, dachte ich, ganz ungeschoren sollst du mir nicht davonkommen. Schnell drehte ich den Schlüssel der sonst stets offenen Tür um.

Kurz darauf wird die Klinke heruntergedrückt, und da die Tür nicht aufgeht, wird geklopft. "Gib dir keine Mühe, Schwesterchen," rief ich, "nun, wo ich alles allein machen mußte, geruhst du nach Hause zu kommen." Es wird stärker geklopft. "Das kannst du dir sparen," rief ich zurück, "geh nur zurück, wo du herkommst, mir fehlst du jetzt nicht." So oder ähnlich machte ich meinem Herzen Luft.

Da ertönte draußen plötzlich ein naturgetreues, klägliches "Miau, Miau" aus unverkennbarer, männlicher Stimme, und da blieb mir das Wort im Halse stecken, denn nun wußte ich, wer da draußen stand - und sich wohl einen liebevolleren Empfang vorgestellt hatte als die meiner Schwester Lotti geltende Strafpredigt.

Tiefzerknirscht, aber überglücklich öffnete ich die Tür, und da stand er leibhaftig, der knapp dem Tode entronnene, nun aber fröhlich lachende Silvio mit ausgebreiteten Armen, und ich stürzte ihm entgegen. Natürlich erklärte ich ihm gleich meinen Irrtum durch meinen Ärger über Lottis Eigensinn.

Ja, stimmte er mir zu, die Lotti geht ihre eigenen Wege, das zeichnet sie aus, aber es kann natürlich auch zu Differenzen führen. Gemeinsam betraten wir die zum Glück nun aufgeräumte, gemütliche Küche, in der der Teekessel einladend summte. Gleich gibt es Kaffee, sagte ich, Kuchen ist auch da; wir backen häufig, da wir ja alle Zutaten selbst erzeugen, fügte ich nicht ohne Stolz hinzu.

Wo stecken denn eigentlich die anderen, fragte nun Silvio. Das wollte ich dir gerade erklären, erwiderte ich. Und während ich den Kaffee bereitete und den Tisch deckte, berichtete ich ihm von den außergewöhnlichen Umständen, die dazu geführt hatten, daß ausgerechnet heute unsere Mutti mit dem Hänschen nach Greifswald gefahren seien und Hanna sie begleitet habe. Hoffentlich ist es nichts Ernstes, sagte Silvio besorgt. Und ich hatte mir immer vorgestellt, daß mein Hänschen mir entgegenlaufen würde. Das hätte er bestimmt auch getan, sagte ich und fügte bedauernd hinzu, stattdessen wurdest du nun mit meinem ärgerlichen Geschimpfe empfangen. Mach dir nur nichts daraus, tröstete er mich, ich habe natürlich schnell begriffen, worum es ging, und habe innerlich gelacht.

Aber auch ich hatte mir unser Wiedersehen, das wir uns so oft gemeinsam ausgemalt hatten, gänzlich anders vorgestellt. Nun laß dir aber Kaffee und Kuchen schmecken, sagte ich. Das Hänschen ist ja sonst kerngesund und Kinder haben leicht mal irgendein Wehwehchen. Vielleicht hatte er einen unreifen Apfel gefunden. Mit dem Abendzug kommen sie ja zurück, bis dahin müssen wir uns eben gedulden, es wird schon alles gut gehen.

Wo kommst du denn jetzt überhaupt her, fragte ich nun, um diese Zeit hält doch kein Zug hier. Er sei versehentlich eine Station zu früh ausgestiegen und von dort aus über Wiesen und Feldwege gelaufen, erklärte er.

Kein Mensch, an dem er vorüberkam, habe ihn gegrüßt, wie das in der Schweiz üblich sei, beklagte er sich. Ja, diese schöne Sitte gäbe es in Deutschland leider längst nicht überall, bedauerte ich.

Warum hast du dich eigentlich nicht angemeldet, wir hätten dich doch abgeholt. Ja, weißt du, verteidigte er sich, ich weiß das meist selbst nicht vorher und folge einfach meinem Impuls. Dann nehme ich meinen Hut vom Nagel und vertraue dem Engel, der mich führt. Dann war es diesmal wohl ein Engel mit kleinen Fehlern, neckte ich ihn. "Mir kommt es vor, als könnte ich heute gerade gut gebraucht werden", sagte er ernst.

Möchtest du dich nicht etwas ausruhen, fragte ich, Du hattest einen anstrengenden Tag, und unser Gästezimmer steht schon seit einiger Zeit für dich bereit. Nein, erwiderte er mit etwas Bitterkeit in der Stimme, ich habe schon genug Zeit tatenlos im Gefängnis versäumt. "Könnte es nicht sein, daß dir der erzwungene Aufenthalt im Gefängnis das Leben gerettet hat?", kam es mir in den Sinn zu fragen. "Du weißt ja selbst, daß während der gewaltsamen Kämpfe um die Macht viele führende Persönlichkeiten, gerade auch der Räteregierung von der Straße weg erschossen wurden. Wir zitterten hier jedenfalls um dein Leben." "Damit könntest du sogar recht haben," sagte er überrascht. "In dem 'Ungemach Nr. 169' war ich wahrscheinlich in verhältnismäßiger Sicherheit. Aber es waren doch die dunkelsten Stunden meines bisherigen Lebens", bekannte er freimütig.

Komm, sagte ich, ich möchte dir etwas zeigen, das dich dieses Dunkel vergessen lassen soll. Und nun führte ich ihn zu meinen Zynien. Es war zufällig genau der richtige Augenblick. Ich hatte die Beobachtung gemacht, daß die Blumen nicht im hellen Sonnenschein ihre größte Strahlkraft aussenden, sondern erst, wenn die Sonne eben untergegangen ist. Nun kann man erleben, daß sich ihre den ganzen Tag über gespeicherten Sonnenstrahlen in einem unwahrscheinlich intensiven Leuchten aller Farben in fast überirdischem Glanz gegen den leichten Schleier der Dämmerung strahlend abheben.

Silvio stand da und schaute auf dies flammende Wunder und sagte kein Wort. Verstohlen sah ich in sein Gesicht. Ein nie zuvor gesehener Ausdruck völliger Gelöstheit lag auf seinen Zügen und ließ mich ahnen, wie verletzlich er im Grunde war, und wie fühlbar ihn die Grausamkeiten während des Umsturzes getroffen haben mußten. Nun - fragte ich leise, habe ich dir zuviel versprochen?

Dies ist, brachte er hervor, als schaue man direkt in Gottes Angesicht. Und wie ungemein tröstlich ist doch diese andere Seite des Daseins. Zu denken, daß ich diesen wunderbaren Augenblick nicht mehr erlebt und Euch und alle meine Lieben groß und klein nicht mehr wiedergesehen hätte, was durchaus möglich gewesen ist, läßt mich das Leben wieder intensiver lieben.

Wenn es dir recht ist, gehen wir jetzt wieder ins Haus, schlug ich vor. Alles andere wirst du ja morgen begutachten können, das wollen wir nicht vorwegnehmen.

In der Küche empfing uns vom Herd her eine angenehme Wärme; es wurde gegen Abend schon etwas kühl. Hier im Raum kam uns wieder das Fehlen der übrigen Familie stärker zum Bewußtsein. Bald aber hörten wir, wie sich rasche Schritte dem Hause näherten. Gleich darauf öffnete sich die Tür, und Lotti betrat etwas atemlos den Raum. Als sie außer ihrer sicher noch ziemlich aufgebrachten Schwester eine wohlbekannte Gestalt sitzen sah, fiel sie natürlich "aus allen Wolken". Ja, wenn ich das geahnt hätte, wäre ich nicht fortgelaufen, stammelte sie; aber dann war der Bann gebrochen und sie ließ ihrer freudigen Überraschung freien Lauf. Ich überließ sie unserem so teuren Gast und zog mich in die Nähe des Herdes zurück, um das Abendessen vorzubereiten.

Als ich eben dabei war, den Tisch zu dek-
ken, öffnete sich erneut die Tür, und unsere Mutti mit Hanna und dem Hänschen tra-
ten herein. Und im Nu war der Raum erfüllt
von durcheinanderredenden Stimmen und Lachen, und Silvio nahm sein Hänschen auf den
Arm, das seinem noch fremden Papa bereits
übermütig den Bart zauste. Und eine lange
entbehrte Atmosphäre der Glückseligkeit
herrschte in diesen Augenblicken in unserer
bäuerlichen Küche mit einem wohl von jedem
von uns empfundenen Glanz des Unvergängli-
chen.

Nun ist er also bei uns für eine Reihe von
Tagen, herrlichen Tagen, und zwar vom frühen Morgen an. Gleich am ersten Tag werden
wir ermahnt, recht leise zu sein, damit unser Gast sich richtig ausschlafen könne.
Auf Zehenspitzen schleichen wir Mädchen die
Treppe hinunter. Unten angekommen, wird die
Tür zum Hof von außen geöffnet, und herein
spaziert der angebliche Langschläfer und
bringt die frische Morgenluft mit herein
und sein fröhliches Lachen. Von oben kommt
Mutti mit dem Hänschen, das gleich versucht, an dem lustigen Mann mit dem Bart
hinaufzuklettern. Erst allmählich wird er
begreifen, daß er sein Papa ist.

Nun wird das Frühstück bereitet; alle helfen mit, und bald duftet der Kaffee; das
selbstgebackene Brot, Butter, Confitüre und
Käse laden zum Essen ein. Als erste stehe
ich, mich entschuldigend, auf, ich müsse in
den Stall zum Melken. Das kannst du
tatsächlich?, fragt Silvio ungläubig. Du
kannst ja mitkommen, schlage ich vor.

Beim Betreten des Stalles begrüßen uns die
Kühe mit leisem Muhen, mein Blüamli tempe-

ramentvoller. Als ich, auf dem Schemel sitzend, den Eimer zwischen den Knien, zu melken beginne, sagt Silvio: "Als Bäuerin hätte ich mir Dich nicht vorstellen können." "Ich hätte es aber werden können", antworte ich lächelnd und erzähle ihm von dem Heiratsantrag des ältesten Müllersohnes, "der sich meiner Beine wegen gleich in mich verliebt hatte, da sie wie Sektflaschen geformt seien." Silvio bricht in schallendes Lachen aus, in das ich in der Erinnerung daran herzhaft einstimme.

"Dabei bleiben werde ich natürlich nicht", komme ich auf unser Gespräch zurück, "trotzdem mir vieles ans Herz gewachsen ist - vor allem die Tiere. Es ist schön zu erleben, wie sich Mensch und Tier ergänzen, jedes den anderen braucht. Wie ergreifend ist doch das Antlitz der Tiere, der sanfte Ausdruck ihrer Augen. Wenn es nur das Schlachten nicht gäbe, das hier auf dem Land ja als 'Schlachtfest' gefeiert wird. Wir halten uns deshalb keine Schweine, aber was ändert das hier schon am Schicksal der Tiere.

So, ich bin fertig, habe aber in der Küche noch eine Weile mit der Milch zu tun. Jeder von uns hat natürlich bestimmte Aufgaben, die erledigt werden müssen, aber zwischendurch hat immer einer von uns Zeit für dich. Mutti mit Hänschen und Hanna wollen Dir jetzt sicher unser Anwesen zeigen. Ich möchte dich später einmal gerne zu unserem Moor führen, dort habe ich ein Geheimnis."

Als es sich dann gerade einmal ergab, erinnerte ich Silvio an meinen Wunsch, ihm unser Moor zu zeigen. Wenn ich wie sonst alleine dorthin ging, lief ich am liebsten

barfuß. Es war ein Genuß, die weiche, be-
mooste, erwärmte Erde und was an kleinen
Pflänzchen und Moosen darauf wuchs, unmittelbar mit den Fußsohlen zu erleben.

Als ich es Silvio erzählte, sagte er: "Und
warum machen wir es jetzt nicht ebenso?"
Gesagt, getan! Wir zogen Schuhe und
Strümpfe aus, versteckten sie im Gebüsch
und freuten uns spitzbübisch. Auf diesem
einsamen Weg begegnete man kaum je einem
Menschen. Und dann erreichten wir das Moor,
das wie immer in mir - und ich war sicher,
auch in Silvio - ein unbeschreibliches
Glücksgefühl auslöste. Immer, wenn ich es
aufsuchte, sprach oder sang ich das Lied,
wie es Hermann Löns empfunden und gedichtet
hatte, vor mich hin:

Alle Birken grünen in Moor und Heid',
jeder Brambusch leuchtet wie Gold -
alle Heidlerchen jubeln vor Seligkeit,
jeder Birkhahn kullert und trollt.

Meine Augen, die gehen wohl hin und her
auf dem braunen, gelbschimmernden Moor,
auf dem grünen, weiß schäumenden Heidemeer
und schweben zum Himmel empor.

Zum Blau-Himmel auf, wo ein Wölkchen zieht,
wie ein Wollgrasflöckchen so leicht
und mein Herz, das singt ein leises Lied,
das auf zum Himmel dringt.

Ein leises Lied, ein stilles Lied,
ein Lied so leicht und lind,
wie ein Wölkchen, das über die Bläue zieht,
wie ein Wollgrasflöckchen im Wind.

"So, da wären wir", stellte ich fest. "Ja
aber, wo ist denn dein Geheimnis?", fragte

Silvio, sich umschauend, Ich sehe hier weit und breit nichts Geheimnisvolles. Und doch stehst du direkt davor, neckte ich ihn, es ist dieser kleine Heckenrosen-Strauch. Mit ihm kann ich nämlich sprechen, und er mit mir, erklärte ich ihm. Hör zu:

Wie steht er da vor den Verdunkelungen
des Regenabends jung und rein;
In seinen Ranken schenkend ausgeschwungen
und doch versunken in sein Rose-Sein.

Die flachen Blüten, da und dort schon offen,
jegliche ungewollt und ungepflegt,
so von sich selbst unendlich übertroffen
und unbeschreiblich aus sich selbst erregt

ruft er dem Wanderer, der in abendlicher
Nachdenklichkeit den Weg vorüberkommt:
Oh, sieh mich steh'n, sieh her, was bin ich sicher
und unbeschützt und habe, was mir frommt.

(Rilke)

Das ist wunderschön und wirklich kaum zu glauben, sagte Silvio kopfschüttelnd, nicht nur Blüten und Zweige hat der Dichter naturgetreu erfaßt, auch das Wesen dieser bescheidenen Pflanze hellsichtig erkannt.

Siehst du, sagte ich, eben dies ist mein "Geheimnis". Auch ich versuche sozusagen die "Sprache" der Pflanzen zu verstehen. Nimm ein Gänseblümchen, eine weiße Narzisse oder jede beliebige Blume. Ist es nicht, als sagte jede von ihnen wie der Heckenrosenstrauch: "Oh, sieh mich steh'n, erkenne mich - und was ich dir sagen möchte. - Und erst die Persönlichkeiten der Bäume. - Während ich sprach, stand Silvio da, der Sonne zugewandt, und plötzlich erschien er mir in diesem Augenblick selbst wie ein Baum tief verwurzelt in der Erde, die er liebt und dessen Krone dem unbegrenzten, himmlischen Licht entgegenstrahlt. - Um den Zauber zu bannen, sage ich schnell: "Ich fürchte, wir müssen gehen." "Ich will dir etwas sagen," sagte Silvio, während wir, Abschied nehmend, noch etwas zögerten. "Ich hatte immer so eine kleine Hoffnung, mich noch einmal den eigentlichen Wundern und Rätseln der herrlichen Schöpfung Gottes widmen zu können. Diese Stunde, das Erlebnis des Moores und deines Heckenrosenstrauchs hat mich solchen Wundern sehr nahe gebracht und wird mir unvergeßlich bleiben." - Schweigend gingen wir weiter und erreichten bald die Stelle, wo wir unsere Schuhe versteckt hatten. Laß mich dir behilflich sein, bat ich. Als ich so vor ihm kniete und ihm Strümpfe und Schuhe überstreifte, ergriff mich plötzlich eine unbestimmte Angst um ihn, und in tiefem Erschrecken erkannte ich plötzlich die unaufhebbare Einsamkeit großer Persönlichkeiten, was sich später einmal durch ein tragisches Erlebnis bestätigen sollte.

Dieser Spaziergang gehört zu meinen kostbarsten Erinnerungen an Silvio.

Als wir uns dem Hause näherten, tauchte Hanna mit dem Hänschen auf, das sogleich auf Silvio zulief, der ihn aufhob und ans Herz drückte.

Wir wollten euch gerade zum Essen holen, sagte Hanna. Das trifft sich gut, meinte Gesell, ich habe einen Bärenhunger, hoffentlich läßt mir das Hänschen etwas übrig, er sieht ganz gefräßig aus, - und zu Hanna gewandt -, wenn du am Nachmittag Zeit hast, könnten wir noch über deinen Artikel für die "Freiwirtschaft" sprechen. Ja, gerne, sagte Hanna, ungefähr habe ich ihn schon im Kopf. Das ist gut, sagte Gesell, jetzt müssen wir nachstoßen. Noch ist vieles offen. Mich drängt es auch, wieder an die Arbeit zu gehen, werde wohl bald abreisen müssen. Ach nein, riefen wir beide aus, sprich doch nicht schon davon. Nun, wir werden sehen, sagte er zögernd. Übrigens habt ihr ja noch gar nicht eure schönen Lieder gesungen, und darauf hatte ich mich so gefreut. Tatsächlich, staunten wir Schwestern, denn wir hatten es uns als erstes vorgenommen, aber es war bisher eben immer so viel zu erzählen. Gleich heute abend werden wir einen Lieder-Abend veranstalten, versprachen wir.

Bei Tisch wurden Schüssel oder Platte natürlich zuerst Silvio gereicht, aber er nahm nie etwas, ehe er seinen Nachbarn zur Linken und zur Rechten etwas auf den Teller geschöpft hatte. Überhaupt war er für seine Person ausgesprochen bescheiden, worauf ich noch zurückkommen werde.

Nach dem Abendessen brachten wir gleich unsere Instrumente, Geigen und Laute ins Wohnzimmer. Bald fanden sich alle ein. Wir Mädchen berieten gerade, womit wir beginnen sollten, da sagte Silvio unerwartet: Ich hätte einen Wunsch. Im Gefängnis dachte ich sehr oft an eines Eurer Lieder. Es handelte von einem Falken, und es kam etwas von seinen gelähmten Schwingen am Ende des Liedes vor. Das hat sich mir tief eingeprägt und paßte nun in meine traurige Situation.

"Wär' ich ein wilder Falke", riefen wir gleichzeitig. "Ja, das ist ein schönes Lied, das wir auch sehr gern haben." Hanna

gab den Ton auf der Geige an, und dann sangen und spielten wir es zusammen. Hier ist
das Lied:

Wär' ich ein wilder Falke,
ich wollte mich schwingen auf
und wollt' mich niederlassen
vor meines Grafen Haus.

Und wollt' mit starkem Flügel
wohl schlagen an seine Tür,
daß springen sollt' der Riegel,
fein's Liebchen trät herfür.

"Hörst du die Schlüssel klingen?
Meine Mutter ist nicht weit."
"So komm mit mir von hinnen
wohl über die Heide breit."

Und tät in ihrem Nacken
die goldenen Flechten schön
mit wildem Schnabel packen,
sie tragen zu dieser Höh'n.

Ja, trüg' ich sie im Fluge
mich schöss' der Graf nicht tot,
sein Töchterlein zum Fluche
das fiele sich ja tot.

So aber sind die Schwingen
mir allesamt gelähmt:
So hell ich ihr auch singe,
mein Lieb sich meiner schämt.

Als wir geendet hatten, saß Silvio da, die
Hände vor das Gesicht gelegt, wohl um sich
ganz zurückzuversetzen in seine enge Zelle,
seiner Freiheit beraubt. Nun blickte er
auf. Ja, sagte er, das ist das Lied, an das
ich so oft dachte. Nur gut, daß ich den übrigen Text von der schönen Grafentochter

nicht kannte, sonst hätte ich womöglich versucht, die Gitter um mich herum zu sprengen. Würdest du mir wohl den Text aufschreiben, wandte er sich an mich, er ist wunderschön und traurig zugleich und voller Poesie. Nur zu gern versprach ich es ihm.

Dann schlug ich vor, als nächstes das fröhliche Lied von dem Jäger zu singen, der in den Wald ging, in dem der Fink pfeift, der Kuckuck schreit und die Hasen sich am Bart kratzen, das er früher immer so gerne gehört hatte. Und wirklich lachte er wieder fröhlich über den Hasen, der sich am Bart kratzte. Viele unserer schönen Lieder aus dem "Zupfgeigenhansl" folgten.

Nach einiger Zeit vernahmen wir ein Klopfen an unserer Eingangstür. Verwundert ging jemand von uns, sie zu öffnen. Da war es unser nächster Nachbar mit seiner Frau und Tochter. "Entschuldigen Sie vielmals", sagte der Bauer. "Wir wollten noch ein wenig Luft schnappen, da hörten wir so schöne Musik in Ihrem Haus. Würden Sie uns erlauben, ein Weilchen zuzuhören?" "Natürlich gern", luden wir die freundlichen Nachbarn ein. Der Bauer hatte uns anfänglich mit Rat und Tat beigestanden, wenn wir Schwierigkeiten hatten. So kamen sie denn herein, stellten eine Flasche Wein auf den Tisch, begrüßten alle und setzten sich zwanglos zu uns. Wir Mädchen holten Gläser und etwas Gebäck zum Knabbern. Für Silvio war es eine willkommene Gelegenheit, sich mit dem Bauern, der einen großen Hof mit entsprechendem Land und Viehbestand besaß, zu unterhalten. Die beiden Frauen hatten sich zusammengesetzt, und die Tochter, ein bäuerliches Mädchen, etwa 17jährig, mit roten Wangen und straff geflochtenem Zopf, ging im Zimmer umher und betrachtete u.a. die an der Wand befindlichen Bilder. Als sie das bekannte Bild vom "Goethe-Haus in Weimar" entdeckte, fragte sie Hanna, die in ihrer Nähe stand: "Das ist wohl Euer Haus in Berlin?" "Nein", sagte Hanna, "das ist das Goethe-Haus in Weimar." "Ach so," sagte sie, "bloß ein Bekannter von Euch." Natürlich klärte Hanna die zukünftige Bäuerin nicht über Goethes Bedeutung auf, aber später haben wir herzlich über "unseren Bekannten" gelacht. Nach der kurzen Gesprächspause nahmen wir dann wieder Spiel und Gesang auf. Da es alles schöne Volks- und Wanderlieder von Freude und Leid der Liebe (auch Scherzhaftes), von Wald und Heide und Heimlichkeiten mit dem jungen Jägersmann waren, hier ein solches Liedchen:

Es wollte ein Jägerlein jagen,
dreiviertelstund vor Tagen,
wohl in dem grünen Wald, ja Wald,
wohl in dem grünen Wald.

Da traf er auf der Heide
sein Lieb im weißen Kleide,
sie war so wunderschön, ja schön,
sie war so wunderschön.

Sie täten sich umfangen
und Lerch' und Amsel sangen
vor lauter Lieb' und Lust, ja Lust,
vor lauter Lieb' und Lust.

Sie tät' dem Jäger sagen,
ich möcht' ein Kränzlein tragen
in meinem blonden Haar.

Will zum Altar dich führen,
dich soll ein Kränzlein zieren
und dann ein Häubchen fein.

Mit dem schönen alten Lied "Der Mond ist aufgegangen", das alle mitsangen, beendeten wir den unvergessenen Abend mit unseren netten Nachbarn.

In den nächsten Tagen half ich öfter in der Küche, damit sich unsere Mutter möglichst viel unserem Gast und dem Hänschen widmen könne. Auch Hanna und Lotti wurden eingeschaltet, und so kam es, daß aus unserem Drei-Mädel-Haus Musik und Gesang erschallte, wenn die Ausreißer heimkehrten und zudem auch etwas zu Essen vorfanden.

Doch wenn wir am Abend wie so oft die Frage erörterten, wie man die Gunst der Stunde am wirksamsten benutzen könnte, um die Freiwirtschaft zu propagieren, entging uns nicht eine gewisse Unruhe unseres Freundes, die ihn wohl, wie wir errieten, an seinen Schreibtisch zurückzog. Und so war es denn auch, wie wir anderntags erfuhren: Gerade jetzt, nach diesem sinnlosen Krieg, der den Menschen so viel Leid und Entbehrungen gebracht habe, müsse man das Eisen schmieden, solange es heiß sei. Er müsse schreiben, schreiben, schreiben, Vorträge halten, herumreisen, den Menschen die Ursache der Kriege erklären, führende Persönlichkeiten erkennen und begeistern, kurz, so schwer es ihm auch fiele, er müsse an die Arbeit. Ja, das sahen wir ein, und so wurde der Montag der nächsten Woche als Reisetag beschlossen. Doch noch blieben uns ja einige Tage des Zusammenseins. Auch Silvio schien der Gedanke an den bevorstehenden Abschied nahezugehen.

Einmal abends, wir saßen alle im Wohnzimmer an dem runden Tisch und unterhielten uns, als mir schien, im Stall irgendeine Unruhe zu vernehmen. Mit den Worten "Ich gehe noch mal rüber", stand ich auf und trat aus der Küchentür auf den Hof hinaus. Doch wie angewurzelt blieb ich stehen. Denn wo sonst Acker und Wiesen lagen, erstreckte sich, umgeben vom nachtdunklen Himmel, aber vom Mondschein hell beschienen, ein ausgedehnter, schimmernder See, leicht bewegt vom nächtlichen Wind.

Zwei oder drei auf den Strand geschobene dunkle Boote vervollkommneten das Bild.

Ich stand einen Augenblick wie verzaubert und starrte auf das unglaubliche Wunder. Dann trat ich ins Haus zurück und rief: Kommt alle schnell heraus! Gleich darauf kamen sie und standen gleich mir staunend da. "Wir haben ja einen See," rief ich, "seht doch die Boote am Strand!"

Nun aber ließ sich Silvios Stimme vernehmen. Aber Kinder, das ist ja kein See, es ist nur dichter Nebel, der sich niedergeschlagen hat. Aber es stimmt, es sieht so täuschend wie ein See aus, daß ich selbst einen Augenblick glaubte, meinen Augen nicht trauen zu können. Die "Boote" müssen irgendwelche Geräte sein.

Eine Weile gaben wir uns noch der schönen Illusion gemeinsam hin, dann gingen wir ins Haus zurück. Das Geräusch im Stall hatte ich ganz vergessen. Ich hatte ein Märchen erlebt.

Oft sah man Silvio mit seinem Hänschen, dessen kleine Hand er schützend in seiner großen hielt, im Hof umherspazieren. Vom Küchenfenster aus sah ich ihn auch immer wieder einmal vor meinem Zynienbeet stehen, wie in Andacht versunken ... Auch im Stall tauchte er ab und zu auf, wenn ich beim Melken oder Füttern war. Ja, einmal kam er auch zu mir in die Küche, rückte sich einen Stuhl zurecht und sah mir bei der Arbeit zu. Ich war gerade dabei, einen Meerrettich zu reiben für eine pikante Sauce. Tränenden Auges beklagte ich mich bei ihm: "Merkwürdig, andere Wurzeln werden nach unten immer spitzer, aber der Meerrettich wird immer breiter." Ungerührt fragte er mich mit seiner markanten Stimme: "Wie breit ist er dann zuletzt?" Ich mußte klein beigeben, während er mich auslachte. So konnte er einen mit Charme und Schalk in Verlegenheit bringen und dann auslachen. Was blieb mir übrig, ich lachte mit.

So kam dann der Sonntag und somit der letzte Tag vor Silvios Abreise heran. - Gleich morgens hatte ich einen Strauß mit vielen gelben Blumen auf den Frühstückstisch gestellt. Gelbe Blumen liebte Silvio besonders, "weil sie der Sonne gleichen, der Schöpferin allen Lebens". Einen Kuchen nach unserem alten Rezept hatten wir schon vorsorglich gebacken. Nach dem Frühstück überließen wir Silvio seinem Hänschen und bereiteten inzwischen das Mittagessen vor.

Für den Nachmittag war ein gemeinsamer Spaziergang über die Felder geplant, der Gelegenheit für Gespräche über unsere nächste Zukunft bot. Gesell riet uns, vorläufig noch in Pommern zu bleiben, bis geordnete Verhältnisse eingetreten seien. Nach diesem Zeitpunkt bot er uns an, in einem seiner beiden Häuser in Rehbrücke zu wohnen, die er zu sehr günstigen Bedingungen gekauft hatte, bis ein geeignetes Geschäft in einem

Vorort Berlins gefunden wäre, was uns eines noch ungelösten Problems enthob und freudig begrüßt wurde. Gesells Familie bewohnte bereits das größere der beiden Häuser.

Für den letzten Abend hatten wir uns vorgenommen, noch einmal zu musizieren, was ganz in Silvios Sinne war. Wir begannen gleich mit "seinem" Lied vom "wilden Falken mit gelähmten Schwingen" - und gingen zu Abschiedsliedern über, die wir zuvor schon ausgesucht hatten, wie:

Wohl heute noch und morgen ...

So grün als ist die Heide ...

Es trauern Berg und Tal ...

Zuletzt das Lied

"Ade zur guten Nacht,
jetzt wird der Schluß gemacht,
daß ich muß scheiden.

Im Winter schneit's den Schnee,
im Sommer wächst der Klee -
da komm ich wieder." -----

Am Morgen mußte dann alles schnell gehen, der Zug ging ziemlich früh. Nach einem kurzen Frühstück hieß es Abschied nehmen. Ich ging nicht mit zum Bahnhof, reichte Silvio die Hand, die er einen Augenblick festhielt. "Danke für alles", murmelte er. "Ich auch", gab ich zurück, es klang ziemlich wackelig, dann lief ich in den Stall zu meinem Blüamli und legte den Kopf an sein weiches Fell, das einige Tränen auffing und trocknete.

Nach Silvios Abreise nahm uns wieder der Alltag voll und ganz in Anspruch. Was noch auf den Feldern war, mußte eingebracht, für den bevorstehenden Winter Heizmaterial besorgt werden, und so hatten wir alle Hände voll zu tun. Das half uns, die Lücke zu verschmerzen, die Silvio auch im Hinblick auf männlichen Beistand hinterlassen hatte.

Seinen Rat befolgend, wollten wir den Winter noch in Pommern bleiben, auf alle Fälle aber im Frühjahr unser Anwesen zum Verkauf ausschreiben. Die Aussicht, einige Zeit in Rehbrücke, ganz in der Nähe von Silvios Familie, auf die wir uns freuten, verbringen zu dürfen, verkürzte uns die noch verbleibende Zeit. Eine ständige Quelle der Freude war zudem unser Hänschen, das uns durch seine originellen Einfälle und Redewendungen oft zum Lachen brachte.

Wir Mädchen begannen auch schon Pläne zu machen, wenn wir in einem Vorort Berlins wieder Fuß gefaßt hätten. Hanna wollte ein Studium beginnen, Lotti nicht mehr zur Schule gehen, sondern "vom Leben lernen". Ich würde am liebsten eine Schule auf künstlerischem Gebiet besuchen, gegebenenfalls auf einer entsprechenden Abendschule, denn mit Sicherheit würde ich ja im Geschäft und Haushalt gebraucht werden. Und mit solchen Zukunftsträumen verging denn auch endlich der letzte Winter in Pommern.

So rückte denn der Zeitpunkt des Verkaufs heran, der eine ganze Reihe von Interessierten auf den Plan lockte. Silvio hatte uns brieflich noch mit wertvollen Ratschlägen instruiert, sodaß wir einen unerwartet günstigen Abschluß erzielen konnten.

Nun ging es ans Aussortieren, Verschenken und Packen. Einer unserer bäuerlichen Lattenwagen war halbvoll von guten Büchern, die hier in einer Leihbibliothek ausgeliehen werden konnten. Als dann alles zum Umzug vorbereitet war, überraschten uns unsere Nachbarn mit der Bitte, noch einmal einen Lieder-Abend zu veranstalten. Wir sagten gern zu, waren aber höchst erstaunt, als außer den Nachbarn noch viele weitere Bekannte aus dem Dorf und sogar vom Nachbardorf sich einfanden. Sitzgelegenheiten gab es noch ausreichend, inklusive der Küchenstühle.

Da hatte Hanna eine Idee, nach dem Musizieren noch einen kleinen "Sketch" aufzuführen und erklärte uns schnell: Lotti sollte eine Großmutter darstellen, was leicht zum Verkleiden war; ich als Enkelin mit offenem blondem Haar brauchte keine weitere Verkleidung, und Hanna wollte einen Landstreicher spielen. Wir informierten unsere Gäste, daß es noch eine Überraschung gäbe. Inzwischen könnten sie sicher etwas zum Trinken vertragen. Schnell trafen wir die Vorbereitungen. Lotti mit Brille und Häubchen und einem aus einer Decke gezauberten weiten Rock und einem Strickstrumpf als Großmutter; ich mit einer braven weißen Schürze und offenem Haar lese der Großmutter das Märchen von den sieben Raben vor. Hanna ganz echt mit einer alten Hose und Jacke, abgetragenem Hut, einem Rucksack und einem offenen Messer in der Hand. (Die Handlung überließen wir dem Impuls.) Und nun ertönt eine Klingel (Kuhglocke) zum Zeichen des Beginns: Alle warten gespannt. Großmutter und Enkelin sitzen also friedlich beieinander, die Enkelin der Großmutter "Die 7 Raben" vorlesend. Da wird plötzlich an die Außentür geklopft, und da nicht gleich geöffnet wird, laut und ungeduldig. Erschrocken steht die Großmutter auf und ruft: "Wer ist denn da?" "Nun macht schon auf, mir ist kalt", wird geantwortet. Zögernd öffnet die Großmutter die Tür. Draussen steht ein heruntergekommener Kerl mit einem Messer in der Hand. "Was willst du, und steck' dein Messer ein, wir sind friedliche Leute." "Ich hab' Hunger", sagt der Mann. "Und woher kommst du?" "Aus dem Krieg, und ich bin davongelaufen, als mein Kamerad gefallen ist." "Na gut, komm herein und stärke dich, aber dann mußt du gehen, hier kannst du nicht bleiben." "Also gut", knurrt er, "dann laß mal seh'n, was du zum Essen hast." Großmutter stellt Brot und Speck und Most auf den Tisch. "Hast du kein Bier?" fragt er, Brot und Speck in Stücke schneidend. "Nein, dazu sind wir zu arm." "Warm ist es nicht gerade bei euch", sagt er dreist. "Wir müssen sparen - und uns ist warm genug." So geht die Rede hin und her, bis er sein Messer aus der Hand legt. "So, nun mußt du wieder geh'n." "Wenn's sein muß, aber dann will ich das Mädchen mitnehmen, damit die Leute mich nicht zurückweisen. Ich werde sagen, sie sei ein Waisenkind, die Eltern im Krieg umgekommen. Wie heißt du überhaupt?" "Myriam, aber ich will nicht mit dem bösen Mann mitgehen." Sie klammert sich angstvoll an die Großmutter. Die Großmutter sinnt verzweifelt auf einen Ausweg. Sie hat in der Erfahrung ihres langen Lebens erkannt, daß dieser Mann im Grunde nicht schlecht ist, und nur aus Angst, verhaftet zu werden, zu verzweifelten Mitteln greift, um zu überleben. Vielleicht gelingt es ihr, diesen Menschen wieder auf den rechten Weg zu bringen. So sagt sie: "Wir wollen den lieben Gott um einen

Ausweg für uns alle bitten" und stimmt das
Lied an:

"Befiehl du deine Wege
und was dein Herze kränkt,
der allertreusten Pflege
des, der den Himmel lenkt.
Der Wolken, Luft und Winden
gibt Wege, Lauf und Bahn,
der wird auch Wege finden,
da dein Fuß gehen kann."

Und nun geschieht wirklich ein Wunder. Denn
der "Landstreicher" steht da und wischt
sich mit einer linkischen Bewegung die Tränen ab, die ihm übers Gesicht laufen. Und
da erkennt sie, daß unter Schmutz und Bart-
stoppeln ein weiches, junges Gesicht
steckt, das mit den Grausamkeiten des
Krieges und dem Tod des Freundes nicht fertig werden konnte. Da nimmt sie eine Fuß-
bank unterm Tisch hervor, holt eine alte
Schachtel vom Schrank und öffnet sie unbesorgt, obgleich sie ein Häuflein größerer
und kleinerer Geldstücke enthält. Sie wählt
einige der größeren daraus und drückt sie
dem Jungen in die Hand. "Hier hast du Geld,
um nach Greifswald zu fahren. Dort am Bahnhof gibt es eine Mission vom Roten Kreuz,
dorthin wende dich, und sei versichert, daß
sie dir helfen werden, ein neues Leben zu
beginnen." Nun hat der "Junge" alle Scheu
vergessen, er tritt auf die Großmutter zu,
umarmt sie ungeniert und dankt ihr, daß sie
ihm durch ihre und Gottes Hilfe wieder in
ein neues Leben geholfen habe. Und zu dem
Mädchen gewandt: "Zieh deinen Mantel wieder
aus, Mädchen, und sei dem 'bösen Onkel'
nicht böse", und will hinausgehen. "Warte",
sagt da die Großmutter, "wasche hier noch
dein Gesicht, du hast nichts mehr zu be-

fürchten. Ein Rasiermesser findest du auch im Bad." Und wie er zurückkommt, steht ein äußerlich und innerlich neuer Mensch vor ihr, den sie unbesorgt ziehen lassen kann in ein neues, glücklicheres Leben.

Mit anhaltendem Beifall und Tränen der Rührung dankten uns die gewiß nicht verwöhnten Zuschauer und -hörer für Spiel und Gesang. Fast tat es uns leid, nicht schon öfter einmal solche Unterhaltungen veranstaltet zu haben, doch nun war es zu spät.

Einen nicht zu unterschätzenden Vorteil, den sie der Initiative unserer Mutter verdankten, bildete aber die Anlage des elektrischen Lichtes im ganzen Dorf, das uns aber zunächst eher Ablehnung als Dank eingetragen hatte. Mittlerweile waren wohl alle sehr froh über die bequeme und gefahrlose Einrichtung. Jedenfalls haben wir einige Spuren hinterlassen. Doch daran dachten wir damals nicht. Was uns beschäftigte, war das Schicksal unserer Tiere. Der neue Besitzer war einmal an mir vorbeigegangen, ohne Gruß. Erst hinterher erfuhr ich, daß er es war. Er sah wie ein zerknitterter Büro-Mensch aus, der sich vielleicht einen Traum seines Lebens erfüllt hatte? Aber wie würde mein Blüamli auf mich warten, wie die Pferde auf Hannas Zuneigung. Und das lahme Entlein, das keinerlei Nutzen brachte? Aber auch bei unseren nächsten Nachbarn war gegenseitiges Bedauern beim Abschied fast schmerzlich fühlbar. Wir alle wußten, daß es kein Wiedersehen geben würde.

Rehbrücke (ca. 1920 - 1921)

Hier also, in dem gepflegten Milieu, hatte Silvio sich niedergelassen. Doch durfte sich hier, abgesehen von einigen Gemüse- und Kräuterbeeten, alles nach Herzenslust entfalten. So auch Anitas Kinder, und nun auch das Hänschen, das von "Mauzi" und "Datzi" gleich mit Beschlag belegt wurde. Der Garten war auch wirklich ein wunderbarer Spielplatz für kleinere Kinder, mit Sandboden und Rasenflächen, Bäumen und Sträuchern zum Versteckspielen, und einem Wasserbecken zum Planschen. Auf der "Freitreppe des Herrenhauses" fanden wir meist Anita mit dem jüngsten Baby in der Sonne sitzend, damit beschäftigt, das Körperchen des Babys rundum mit Öl einzumassieren. Das sei für die zarte Haut des Kindchens pfleglicher als Wasserbäder, erklärte sie. Dabei sang sie ein spanisches Schlafliedchen, das sich ungefähr so anhörte (doch mag es Bruder Hans mir richtig übersetzen):

"Arrorró mi niño, arrorró mi sol,
arrorró pedazo de mi córazon.

"Tante Anna" aber, Silvios Frau, war fast nur in der Küche zu finden, wo sie unermüdlich damit beschäftigt war, für die ganze Familie samt oft vorhandenen Gästen ein Essen zu komponieren, wozu sie alles irgendwie Geeignete aus dem Garten zusammenstellte. Mit den Worten "Ich habe eine gute Suppe gekocht" rief sie dann Groß und Klein zum Essen zusammen. (Wir kochten natürlich alleine für unsere Familie.)

"Tante Annas" Aussehen und rührende Gestalt hatte mich zuerst unter all den blühenden

Angehörigen der Familie fast schmerzlich berührt. Ein eher mageres Persönchen, mit schneeweißem Haar und verarbeiteten Händen, aufgekrempelten Ärmeln und einem lieben, von Arbeit und Sorgen gezeichneten Gesicht. Hatte sie nicht vier prächtige Kinder großgezogen - Fridolin und Carlos, Anita und Tutti, nun alle erwachsen! Und dann die ewigen Umzüge in andere Länder oder Städte!

Gewiß, Silvio liebte seine Frau von Herzen und hätte sicher jeden mit der Faust niedergeschlagen, der ihr ein Haar gekrümmt hätte. Sie wußte und verstand es wohl und schenkte Silvio großherzig seine Freiheit, wenn sie ihn nur behalten durfte. So hatte sie der Mutter des Hänschen zu dessen drittem Geburtstag folgenden Brief geschrieben:

Liebe Jenny!

In wenig Tagen wird es nun schon 3 Jahre alt, Dein kleines Bübchen, und ist gewiß schon ein ganz respektabler kleiner Mann, der Dir viel Freude bereitet!

Es drängt mich, Dir zu dem Tage meine herzlichsten Wünsche für Dich und das Kind zu senden in der frohen Hoffnung, daß es Euch Allen an dem neuen Wohnorte recht gut geht, Ihr Euch der schönen Natur erfreut und das Hänschen viel Entdekkungsreisen unternehmen kann, Dir dann von seinen Heldentaten berichtend!

Freundlich grüßend
Anna Gesell

Wir Mädchen aber verbrachten erholsame Tage, machten uns auch hier und da im Haus oder Garten unserer Gastgeber nützlich.

Und auf einmal lag ein süßer Rosenduft in der Luft, und ich lief auf eine etwas versteckt liegende Gruppe von Sträuchern zu, wo ich zuvor schon einige hochstämmige Rosen bemerkt hatte. Auch eine Bank lud zum Verweilen ein - und wer hatte sich dort bereits eingefunden? Kein anderer als der Herr des Hauses - Silvio. "Darf man 'uf-hockre'?" fragte ich im "Schwizerdeutsch". "Nur zu", sagte er lachend.

So saßen wir schweigend beieinander; die Sonne schickte ihre goldenen Strahlen auf uns herab, und die Rosen dufteten betäubend; da hörte ich mich plötzlich in das Schweigen hinein, in aller jugendlichen Unbefangenheit sagen: "Ach, ich möchte in einem Bett aus Rosenblättern schlafen." "Und ich", scherzte Silvio, "möchte an jedes deiner Haare eine Perle hängen." "Und da lachten sie beid', in der Sommerzeit", sang ich ihm ein Liedchen vor, und das lockte auch Hanna und Lotti herbei, die gleich in mein Singen einstimmten.

Diesen schönen Augenblick habe ich im Gedächtnis an Silvio und Rehbrücke aufbewahrt. Doch die "Tage der Rosen" gingen nun zu Ende, denn unsere Mutter hatte endlich ein Geschäft in Friedenau, einem Vorort Berlins, gefunden, mit passender Wohnung, das völlig ihren Vorstellungen entsprach.

Friedenau (1922 - 1943)

Wir ließen uns also in Berlin-Friedenau, Stubenrauchstr. 9, nieder, wo wir uns schnell heimisch fühlten.

Unser Geschäft lag in der ruhigen Stubenrauchstraße, die noch mit Bäumen bepflanzt war, nahe einer Kreuzung, was der zu erwartenden Kunden wegen günstig war, zumal sich an jeder Ecke ein Geschäft anderer Branche befand.

Zu jedem Haus, so auch dem unsrigen, gehörte ein Vorgärtchen, das nach Belieben mit einem Blumenbeet verschönt werden konnte, was ich mir nicht entgehen ließ.

Dicht am Haus stand uns auch eine von einigen Sträuchern verdeckte Bank zur Verfügung, die wir gern in Pausen und an milden Abenden benutzten.

Auch Silvio hatte sie schnell entdeckt, wenn er während der Geschäftszeiten kam und gerade Kunden im Laden waren.

Dann durften wir Mädchen inzwischen beim gegenüberliegenden Bäcker Kuchen holen, und in der üblichen Mittagspause wurde dann im freundlich möblierten Wohnzimmer Kaffee getrunken. Wenn unser inzwischen zum Hans herangewachsenes "Hänschen" anwesend war, sprang er auch gern zum Bäcker hinüber, denn dann durfte er den Kuchen aussuchen.

Als mich Silvio zum ersten Mal mit meinem Pagen-Schnitt erblickte, erschrak er sichtlich und fuhr mich ärgerlich an: "Wie konntest Du Dir Dein schönes blondes Haar abschneiden lassen!" Mir stiegen gleich die Tränen in die Augen, zumal ich es selbst schon ein wenig bereut hatte. "Nun, nun", lenkte er sofort ein, "ich kann nicht leugnen, daß Dir die neue Frisur auch ausgezeichnet steht. Aber weißt Du denn nicht, daß es für einen Mann nichts schöneres gibt, als seiner Frau das Haar aufzulösen?" Nein - das konnte ich natürlich nicht wissen, aber ich nahm mir vor, das Haar wieder etwas länger wachsen zu lassen, was auch ziemlich schnell geschah und bis zum heutigen Tag so blieb.

An den Samstag-Abenden aber entwickelte sich bald ein willkommener Treffpunkt der alten und neu gewonnenen Kameraden, an dem auch Gesell gern ab und zu teilnahm. Und natürlich auch unser Vater, der das Wochenende bei uns verbrachte.

Bei diesen Zusammenkünften herrschte stets eine ausgesprochen frohe, ja begeisterte Stimmung, die auch Gesell mitriß. Zu dieser Zeit waren die späteren Meinungsverschiedenheiten in der Bewegung noch nicht in Erscheinung getreten. -

Hanna hatte die entsprechenden Semester für das Studium der Graphologie belegt, einer Wissenschaft, die sie später mit einer "fast an Hellsicht grenzenden Fähigkeit" ausübte. Wenn es ihr die Zeit erlaubte, nahm sie auch gern an den Diskussionsabenden teil.

Inzwischen bereitete sich Gesell auf eine weitere Argentinienreise vor, um, wie er zu sagen pflegte, "wieder einmal nach dem Rechten zu sehen." Doch bevor er die Reise

antrat, hatte ich noch ein unvergeßliches
Erlebnis mit ihm.

Eines Abends beschlossen wir "Stubenräuch-
ler", alle ins Kino zu gehen. Wir zogen unsere Mäntel an und wollten zur Ladentür
hinauszugehen. Da kamen wir an dem Korb unserer Katze vorbei, die gerade etwas krank
war. Als ich noch einen Blick in ihren Korb
warf, hob sie den Kopf und miaute kläglich,
als wollte sie mir etwas sagen. Da zog ich
meinen Mantel wieder aus und blieb bei ihr
zurück und nahm sie mit ins Wohnzimmer.

Nach einiger Zeit klopfte jemand an die Ladentür. Da ich allein war, machte ich kein
Licht und ging im Dunkeln an die Ladentür
und erschrak, da eine große dunkle Gestalt
draußen stand. Doch an dem breitrandigen
Hut erkannte ich Silvio und öffnete ihm erfreut, teilte ihm auch gleich mit, daß ich
leider allein sei.

Ob ich ihm etwas zu essen oder trinken
bringen dürfe? Er lehnte ab - kam mir überhaupt ungewohnt schweigsam vor. Nachdem wir
uns eine Weile unterhalten hatten, schlug
er ein Schachspiel vor. Mir war es recht,
und so holte ich Brett und Figuren, und das
Spiel begann. Doch Silvio schien nicht
recht bei der Sache zu sein.

Betroffen bemerkte ich, daß seine "Dame"
ohne Schutz dastand, und da er auf mein
"Gardez" nicht reagiert hatte, nahm ich sie
zögernd.

Dabei wurde mir bewußt, daß das "Schach" -
wenn auch im Spiel - eigentlich eine regel-
rechte Gegnerschaft zur Voraussetzung hat -
in unserem Fall ein unerträglicher Gedanke.

Um einen "Waffenstillstand" vorzuschlagen, blickte ich auf - und da sah ich, wie er mit einer müden Bewegung die Figuren zusammenschob - und mit den Worten "Des Menschen Sohn hat nicht, wo er sein Haupt niederlegen kann" das Gesicht in seine Hände und das Haupt auf den Tisch legte und so schweigend verharrte. Tief bestürzt und ratlos wagte ich nicht, ihn mit tröstenden Worten zu verletzen. Denn trotz einer innigen Vertrautheit zwischen uns von der Kinderzeit an, ging von ihm etwas Ehrfurchtgebietendes aus, das mich zurückhielt.

Doch da stand er schon wieder auf, mit den Worten, er müsse gehen, da er noch nach Eden hinausfahren wolle. Ich beschwor ihn, doch bei uns zu übernachten, die anderen würden bestimmt enttäuscht sein, ihn verpaßt zu haben.

Aber er hatte schon seinen Mantel übergezogen und ging auf die Ladentür zu. Da rief ich ihm - in meiner Angst unwillkürlich an sein Christus-Wort anknüpfend - die Worte zu: "Bleibe bei uns, denn es will Abend werden, und der Tag hat sich geneigt." Da wandte er sich noch einmal um, strich mir sanft übers Haar und sagte leise: "Ich komme ja wieder." Dann ging er einsam in die dunkle Nacht hinaus.

Traurig ging ich ins Zimmer zurück. Da hob die Katze wiederum mit einem "Miau" den Kopf. Ich wandte mich ihr zu und streichelte sie, da schnurrte sie so zufrieden, als ob sie sich ihrer "Mission" bewußt gewesen wäre. Denn ohne daß sie mich durch ihren Klagelaut zurückgehalten hätte, wäre ich mit den anderen fortgegangen, und Gesell hätte tatsächlich vor der verschlossenen Tür gestanden, die niemand geöffnet hätte. Vielleicht hatte sie in der phantastischen Sensibilität der Katzen das Kommen des Freundes schon gespürt? Zweifellos hatte sie ihm ihre Gunst geschenkt. Wenn wir, wie so oft, des Sonntags beieinandersaßen, erhob sie sich von ihrem Platz, schritt würdevoll auf ihn zu und sprang mit einem geschmeidigen Satz auf seinen Schoß, kuschelte sich zurecht und ließ sich wohlwollend von ihm streicheln. Was wissen wir denn im Grunde von den geheimnisvollen Zusammenhängen, die schicksalhaft in unser Leben eingreifen können? -

Einige Tage nach Silvios Besuch erhielt ich ein Päckchen, das ein Kästchen kunstvoll geschnitzter Schachfiguren enthielt, mit dem Vermerk "in memoriam - Silvio". -

Bald darauf schiffte er sich zu der geplanten Reise nach Argentinien ein, wo seine Söhne jeweils seine Unternehmen verwalteten. Das war 1924. Da ich Silvio zuvor nicht mehr gesehen hatte, schrieb ich ihm dorthin einen Brief. Ich bedankte mich für die wertvollen Figuren als kostbares Andenken an unser denkwürdiges Schachspiel, das uns sicher - wie alles Unvollendete - unverlierbar in Erinnerung bleiben würde.

Mit den Zeilen des Gedichts von Elisabeth Barrel Browning beschloß ich meinen Brief: "Laß aus dem Himmel deiner Schwingen nicht meine Gedanken. Draußen sind sie wie verlorene Vögel hilflos preisgegeben." -

Silvio fehlte uns allen sehr. Aber endlich kam ein Brief von ihm über das weite Meer.

Der Brief war an unsere Mutter gerichtet. Doch er hatte auch uns Mädchen mit einigen Zeilen bedacht.

"Sage Hanna, daß ich ihr zu der Art, wie sie die 'Freiwirtschaft' redigiert, gratuliere. Sage Maria, daß ich mich sehr über ihren Brief gefreut habe, und dem Hänschen, daß ich ihn lieb habe und immer an ihn denke."

Mir fiel durch seine an mich gerichteten Worte ein Stein vom Herzen - wenn auch die Tragik jener Stunde sich mir unauslöschlich eingeprägt hat.

Es ist wohl so, daß Menschen, die ihrer Zeit voraus sind, in einer Sphäre des Isoliertseins leben, in die wir ihnen nicht zu folgen vermögen. - - "Abgewendet schon stand er am Ende der Lächeln - anders." (Rilke)

Am 31.12.1924 schrieb er meiner Mutter den nachfolgenden Brief, der Auskunft über seine Arbeit als Gartenbauingenieur in seinem Park in Punta Chica bei Buenos Aires gibt:

Punta Chica, den 31.12.1924

Jenny, Jenny,

alle Deine Briefe mit Ausnahme von dem, den Du mir für Weihnachten ankündigtest, trafen ein und erfreuten mich. Heute fahre ich nach B. Aires und hole mir den Weihnachtsbrief mit Inhalt. Denn ich hause jetzt allein hier im Hause. Fridolin und Else + die Kleine fuhren nach Chile. Ich konnte die hier unternommenen

Arbeiten nicht unterbrechen. Jetzt muß ich die Briefe selbst in B.A. abholen, weil die hiesige Post (Punta Chica) noch sehr primitiv arbeitet. Also, ich fahre nun nach B.A. und hole den Brief, der mich etwas erfrischen soll.

Ich habe lange nicht geschrieben, überhaupt nicht geschrieben. Die Arbeiten im Wasser nehmen mich voll in Anspruch, auch nachts. Gestern mußte ich um 1 Uhr nachts ins Wasser, bis an den Hals tauchen und dann ein Bad nehmen, um mich von Schlamm und den Blutegeln zu befreien. Das alles aber macht mir Spaß. Und ich bin fröhlich bei dem Gedanken, aus einem Sumpf ein kleines Paradies gemacht zu haben - das nun für so und so viel Thaler verkäuflich ist. So lasse ich mich von Blutegeln aussaugen, und dann soll ein anderer Blutegel, der Kapitalist (Gott segne ihn) die passive Rolle spielen.

Inzwischen hatte sich unser Textil-Geschäft in Friedenau erfreulich entwickelt. Unsere Vorgängerin hatte Damenhüte geführt, und das übernahm unsere Mutter weiterhin, so daß sich der Kundenkreis ständig erweiterte - allerdings auch die Arbeit, die dann noch nach Geschäftsschluß weiterging.

Ich half natürlich wo immer es nötig war und kümmerte mich viel um unser Hänschen. Wie schon erwähnt, hatten sich unsere Eltern gütlich getrennt. Der Vater war in den Norden Berlins gezogen und hatte dort in der Bergstraße 19 ein kleines Geschäft mit Wohnung übernommen.

Bei uns in der Stubenrauchstraße entwickelte sich nun bald ein Treffpunkt der An-

hänger Gesells, so wie früher in Lichterfelde.

Samstags kamen sie zusammen, und begeistert
und eifrig waren sie damit befaßt, Stein
auf Stein zu legen für den Bau einer glücklichen Welt in Freiheit und ewigem Frieden.

Während dieser Unterhaltungen beschäftigte
sich "Frau Jenny", wie sie in diesem Kreis
genannt wurde, mit den Damenhüten, die sie
von Kundinnen zur Modernisierung angenommen
hatte. Durch eine nach dem Aufdämpfen flott
gesteckte Schleife oder eine auf den Rand
gelegte Rose oder Mohnblüte und dergleichen
verlieh sie den Hüten ein neues, elegantes
Aussehen. Gesell, der außer seinem "Cala-
breser" mit Hüten auf dem Kriegsfuß stand,
konnte das Ergebnis dann nicht genug bewun-
dern.

Seiner eigenen Person gegenüber war Silvio
ausgesprochen bescheiden und Frauen gegenüber fast schüchtern, auf alle Fälle aber
stets ehrerbietig.

Dazu erinnere ich mich an ein Erlebnis aus
der Zeit in Berlin-Friedenau.

Ich hatte Gesell - wieder einmal - von einer Reise kommend, vom Bahnhof Friedenau
abgeholt. Woher er kam, weiß ich nicht
mehr. Jedenfalls wohl von weit her, denn er
hatte in einem Coupé 2ter Klasse eines D-
Zuges gesessen - so berichtete er mir. Im
übrigen war er schweigsamer als sonst. "Hat
dich die Reise angestrengt?", fragte ich
schließlich. "O nein", wehrte er ab, "aber
ich hatte ein Erlebnis, das mich noch immer
beschäftigt", antwortete er etwas zögernd.
"Ich kann es dir ja erzählen: Die Reise

verlief äußerst angenehm, der Zug war kaum besetzt. Auch in meinem Coupé saßen außer mir nur noch wenige Personen, die an einer größeren Station auch noch ausstiegen.

So saß ich allein an einem Fensterplatz und genoß es, die stets wechselnde Landschaft vorübergleiten zu sehen.

Leicht vibrierend fuhr der Zug sicher seine Strecke. Der kaum bewölkte Himmel spannte sich über dunkle Wälder; goldene Korn-felder, Wiesen, auf denen Kühe oder Schaf-herden weideten; ab und zu ein Wärterhaus mit zierlichem Gärtchen, eine junge Frau mit einem Kind auf dem Arm, was meine Ge-danken voraus lenkte, zu der eigenen Kin-derschar zuhause, auf die ich mich freute.

Nachdem der Zug in einer größeren Stadt ge-halten und seine Fahrt wieder aufgenommen hatte, hörte ich vom Neben-Coupé her auf einmal eine weibliche Stimme, die mich aus-serordentlich faszinierte. Wenn ich die Worte auch nicht verstehen konnte, klang ihr weicher Tonfall, ab und zu von einem klingenden Lachen unterbrochen, wie Musik in meinen Ohren."

"Wie schön", stimmte ich Gesell begeistert zu. "Sicher bist Du aufgestanden, um die Trägerin dieser schönen Stimme zu sehen, vielleicht kennenzulernen?"

"Nein", antwortete er stehenbleibend leise, und seine Augen waren voll Traurigkeit. "Ich wagte es nicht." Und kaum hörbar fügte er noch hinzu: "C'est trop tard."

Nach seiner Rückkehr aus Argentinien war Gesell wieder unser häufiger Gast. Inzwi-

schen war er mit Familie nach Eden bei Ora-
nienburg verzogen, wo wir ihn öfter besuchten. Diese schöne Zeit fand aber leider
schon nach wenigen Jahren durch den Tod Gesells ihr brüskes Ende, und wir blieben allein.

Gesell war somit das Hitler-Reich erspart
geblieben, nicht aber uns, die wir es von
Anfang an erdulden mußten. So waren wir
auch gezwungen, statt des jüdisch klingenden Namens "Blumenthal" den Mädchennamen
der Mutter "Führer" wieder anzunehmen, um
unsere Existenz zu retten. Den bald danach
ausbrechenden Krieg hat unsere herzkranke
Mutter nicht überlebt. Im Jahre 1935 hatten
sich die wirtschaftlichen Verhältnisse so
gebessert, daß ich meinen langjährigen Le-
benspartner, den bekannten und aktiven Ge-
sell-Anhänger Arthur Rapp aus dem engsten
Freundeskreis um Silvio Gesell und meinen
Vater Georg Blumenthal, heiraten und mit
ihm eine Familie gründen konnte, zu der
sich später unser Sohn Anselm hinzuge-
sellte. Noch heute, über 40 Jahre nach unserer Hochzeit, strebt mein Mann unermüdlich für eine ethisch und massenpsycholo-
gisch orientierte Neubesinnung der FFF-Be-
wegung, die nun endlich Früchte zu tragen
beginnt.

Tod Gesells (1930)

Doch damit bin ich der Zeit weit vorausgeeilt. Denn schon 1929 war mein Vater Georg Blumenthal gestorben, und kaum ein Jahr später standen wir an Silvios Grab - verstört, wie vom Blitz getroffen. Wir hatten von seiner Erkrankung nichts gewußt - niemand hatte mit einer so schweren Verschlimmerung gerechnet. Aus einem Brief an meine verstorbene Schwester Hanna geht allerdings hervor, daß Silvio offenbar schon in der letzten Zeit eine Erkältung verspürt haben muß, die er trotz Behandlung durch seinen Freund und Nachbarn Dr. Landmann im Kreis seiner Familie aus Pflichtgefühl gegenüber seiner Berufung herunterspielte, bis sie zur Lungenentzündung ausartete. Er hatte den Ostwind stets gefürchtet und rief den Westwind oft mit den Worten "Westwind, Westwind ..." sehnsüchtig herbei.

Immer mehr Menschen sammelten sich, um von Gesell Abschied zu nehmen. Anita trat zu uns und fragte, ob wir ihren Vater noch einmal sehen wollten, er sei auf der Veranda aufgebahrt. Ich blieb allein zurück - nein, ich hätte es nicht ertragen, diese Augen in der intensiven hellblauen Farbe des irischen Enzians, die so heiter und schelmisch, aber auch ernst, besorgt oder traurig blicken konnten, für immer geschlossen zu sehen. Nun erst stürzten mir die Tränen aus den Augen.

Auf einmal fiel mir ein Erlebnis ein: An einem Sonntag waren wir von der Stubenrauchstraße aus zusammen mit Silvio spazieren gegangen; vorbei an den Gärten der Villen kamen wir zu einer Laubenkolonie. Silvio, der neben mir ging, erzählte mir gerade von den wechselnden Stationen seines Lebens. Plötzlich war die Luft wie von einem starken Rauschen, wie von einem Sturm erfüllt, dem ein Krachen und Brechen und zitterndes Beben folgte und ein dumpfer Fall. Und da lag, nur durch ein Drahtgitter von uns getrennt, ein in voller Blüte stehender Kirschbaum, ein Wunderwerk der Schöpfung, sterbend, von einer elektrischen Säge gefällt, vor unseren bestürzten Blicken. Auch Silvio Gesell war vom Tode gefällt.

Hier aber wurde ein großer, unersetzlicher Mensch zu Grabe getragen, den alle Welt verloren hat.

"Wer hat uns also umgedreht, daß wir,
was wir auch tun, in jener Haltung sind
von einem, welcher fortgeht? Wie er
auf dem letzten Hügel, der ihm ganz sein Tal
noch einmal zeigt, sich wendet, anhält, weilt,
so leben wir, und nehmen immer Abschied."

Rilke

Georg Blumenthal

1872 - 1929

Zum Geburtsjahr siehe Hinweise des Herausgebers im Anhang

Georg Blumenthal, als lebenslanger Freund und erster Mitkämpfer Gesells für eine gerechte Wirtschaftsordnung, dürfte den meisten Lesern meiner Erinnerungen bekannt sein, zumindest durch seine Schriften wie "Die Befreiung von der Geld- und Zinsherrschaft" und andere Werke, die, wie wohl jede geistige Arbeit, auch ein gewisses Licht auf die Persönlichkeit des Verfassers erkennen lassen. Doch das jedem Menschen eigene "Menschliche" offenbart sich sicherlich nur sehr nahestehenden Menschen, und selbst für diese ist ein schwieriger Charakter wie der seine nicht leicht zu deuten. Doch darauf soll es in meinen Erinnerungen auch gar nicht ankommen. Soviel sei immerhin erwähnt: Blumenthal war das uneheliche Kind einer "hochstehenden Persönlichkeit", deren Herkunft zwei bis ins 15. Jahrhundert zurückreichende alte Kirchen-Stammbücher (die bei der Mutter zurückgelassen wurden) bestätigen. Er selbst kehrte aber nicht zurück, möglicherweise aus den 70er-Kriegen.

So wuchs der kleine Georg - nachdem die Mutter nach Berlin zurückgekehrt war - bei seiner Großmutter in einem kleinen Dorf an der Kurischen Nehrung auf. In einer Erzählung hat Blumenthal später aus seiner Erinnerung ein "übersinnliches" Erlebnis bei der Großmutter erzählt - "Das Totenfest", das in einer Zeitschrift veröffentlicht wurde.

Als Georg schulpflichtig wurde, holte ihn seine Mutter nach Berlin. Sie hatte inzwischen einen Postbeamten geheiratet; auch einen jüngeren Sohn hatte sie noch, doch blieben ihm alle fremd: Mit Eifer widmete er sich aber seinen Schularbeiten und zeichnete sich bald durch hervorragende Arbeiten aus, besonders bei Rechenaufgaben. Einmal widerlegte er (schon in höherer Klasse) die Lösung einer sehr schwierigen Aufgabe aus dem betreffenden Lehrbuch.

Als er die Volksschule absolviert hatte, wollten sich seine Lehrer für ein Stipendium auf einer Höheren Schule einsetzen, doch der ihm fremd gebliebene Siefvater gab nicht seine Einwilligung dazu, da er möglichst schnell Geld verdienen sollte. Und so nahm das Schicksal seinen Lauf, indem ihm eine höhere Bildung, die seiner Herkunft entsprochen hätte, versagt blieb. Aber es sollte wohl so sein, denn dadurch wurden ihm die Augen geöffnet für die Kluft zwischen dem Arbeiterstand und den Gebildeten - mit anderen Worten zwischen Armen und Reichen. Nachdem er eine Zeitlang als Gehilfe in einer Apotheke gearbeitet und ein hervorragendes Zeugnis erhalten hatte, absolvierte er eine Tischlerlehre, konnte aber diesen von ihm bevorzugten Beruf wegen einer Muskelschwäche im Arm nicht ausüben. Er wandte sich sozialistischen Kreisen zu, lernte Dr. Benedikt Friedländer kennen, der einen Arbeiter-Bildungs-Verein gegründet hatte, den Blumenthal besuchte und dabei durch seine Intelligenz Friedländer auffiel. Vorausgreifend möchte ich erwähnen, daß zwischen beiden eine freundschaftliche Verbindung entstand, die bis zu Friedländers Freitod bestehen blieb.

Friedländer hatte unseren Vater wieder einmal zu einem Schachspiel eingeladen. Beide waren ausgezeichnete Spieler. Das Spiel fand wie immer in angeregter Stimmung statt. Friedländer gewann. Als mein Vater zuhause eintraf, läutete das Telefon. Emmy

Friedländer, seine Frau: "Mein Mann hat sich soeben erschossen." (Er litt an einer Tropenkrankheit. Mit 14 Jahren erschoß sich auch sein einziger Sohn, "Eugen", so nach Eugen Dühring benannt.)

Georg Blumenthal interessierte sich für Damaschkes Bodenreform und begann, sich über die Rolle des Geldes Gedanken zu machen, und da stieß er eines "gesegneten Tages" auf eine Annonce "Die Geld- und Bodenreform von Silvio Gesell". Sofort schickte er seine Bestellung der betr. Schrift an die angegebene Adresse, worauf Gesell sich spontan entschloß, die Schrift seinem Besteller persönlich zu überbringen.

Diese außergewöhnliche Begegnung habe ich bereits zu Beginn meiner Erinnerungen geschildert.

Im Anschluß an die später von meinen Eltern räumlich vollzogene Trennung besuchten wir Mädchen abwechselnd oder gemeinsam auch unseren Vater in dessen neuer, eigenartiger Wohnung, die eine große Anziehungskraft auf uns ausübte.

Vom Laden aus mußte man erst einige mehr oder weniger leere Räume durchqueren, die jeweils durch einige Stufen hinauf oder hinunter voneinander getrennt waren. Die letzten zwei Stufen führten in das von unserem Vater bewohnte, im Stirnerschen Sinne "Allerheiligste", dessen Atmosphäre eines "Einzigen und seines Eigentums" wohl jeden Besucher unwiderstehlich in ihren Bann zog.

Manch einer mochte erschrocken eine (ausgestopfte) Eule erblicken, die auf dem mächtigen gelben Schrank hockte, mit aufgerissenen Augen - Leben vortäuschend. Ihr weiches Federkleid stimmte in den Farben genau mit der in gelb-bräunlichen Schattierungen glänzenden Maserung des Holzes überein.

Auf Tischen und Wandregalen standen außer ganzen Stößen von Büchern einige fremdländische Kunstgegenstände, so eine Cobra mit drohend aufgerichtetem Kopf aus fein ziseliertem, farbig naturgetreu gezeichnetem Metall, ein chinesisches Teegedeck aus hauchdünnem Porzellan usw., meist Geschenke Emil Matthiesens, mit dem ihn eine enge Freundschaft verband.

Friedländer, obgleich selbst Millionär, hatte sich, im Bewußtsein der schreienden Ungerechtigkeit zwischen Arm und Reich, sozialen Problemen zugewandt.

Auf einer dieser Reisen hatte Matthiesen ein merkwürdiges Erlebnis, das ihm das Leben rettete. Er hatte bereits sein umfangreiches Gepäck in seiner Schiffskabine verstaut und war dann noch einmal von Bord gegangen, um das interessante Leben und Treiben vor der Ausfahrt eines großen Schiffes zu beobachten. Nicht weit vom Schiff setzte er sich auf eine Bank - und schlief, gänzlich gegen seine Gewohnheit, ein. Plötzlich wird er wach und will zurück auf sein Schiff - doch es ist verschwunden! Er fragt den ersten besten Mann, wo denn das Schiff geblieben sei? Ja, wollen Sie etwa mitreisen? Ja, natürlich! Aber das ist doch schon lange ausgelaufen! Haben Sie denn nicht den ohrenbetäubenden Lärm der Sirenen gehört? Nein - nicht das geringste. Es bleibt ihm nichts übrig, als in sein Hotel zurückzukehren. Am nächsten Tag ruft er die Schiffahrtsgesellschaft wegen seines Gepäcks an.

Da wird ihm mitgeteilt, daß das Schiff in einen schweren Sturm geraten und mit Mann und Maus untergegangen sei!

Sidin

Als wir drei Mädchen noch Kinder waren, setzte sich unser Vater manchmal abends an unser Bett und erzählte uns etwas, das er selbst erlebt hatte. Am liebsten hörten wir immer wieder sein Erlebnis mit "Sidin":

Einmal, an einem Sonntagvormittag, sprach ihn auf der Straße ein außergewöhnlich vornehm gekleideter, fremdländisch aussehender junger Mann in gebrochenem Deutsch an, mit der Frage nach einer bestimmten Straße. Anstatt den Weg dorthin umständlich zu erklären, begleitete der Vater (zu der Zeit selbst noch ein junger Mann) den Fremden an sein Ziel. Dieser, erfreut und dankbar, griff in seine Tasche und brachte eine Handvoll Silber- und Goldstücke zum Vorschein, um sie seinem frdl. Helfer auszuhändigen. Doch dieser schüttelte ablehnend den Kopf und wandte sich zum Gehen.

Da bat der junge - wie sich herausstellte - "Prinz", ihn am nächsten Tag besuchen zu dürfen. Tatsächlich erschien er pünktlich zur verabredeten Zeit, einen riesigen Blumenstrauß für die Mutter in der Hand. Beim Kaffee erzählte er von seines Vaters Königreich, von dem unermeßlichen Reichtum an Gold und Juwelen, von hunderten Elefanten, von jungen Tänzerinnen usw.

Eindringlich lud er seinen "Freund" ein, ihn auf seiner Heimreise zu begleiten. Er schilderte den märchenhaften Empfang, der ihm an der Seite des Prinzen zuteil werden würde. "Ich sagen 'Dieser mein Freund Blumenthal, der in der Fremde mir hat geholfen. Und alle werden sich verbeugen, und

der König, mein Vater, ein großes Fest feiern, und Diener tragen viele Geschenke'"
und so fort. Doch der junge George hatte
gerade seine spätere Frau "Jenny" kennenge-
lernt, was wahrscheinlich den Ausschlag für
seine Absage gab.

Die impulsiv zu Freunden gewordenen jungen
Männer versprachen sich gegenseitig, sich
wiederzusehen - doch sahen sie sich nie
wieder. Aber im Traum sah er ihn doch noch
einmal wieder:

Blumenthal befand sich auf einem Schiff auf
dem Meer. In einiger Entfernung fuhr ein
anderes Schiff. Beide waren durch ein lan-
ges Seil miteinander verbunden. Als beide
Schiffe nahe aneinander vorbeifuhren, rief
ihm der Prinz zu: "Zweiundfünfzig Jahren".
(Die 52 gilt als magische Zahl.) Was hatte
diese Zahl wohl zu bedeuten; vielleicht
eine Begegnung im Jenseits?

Später erfuhr mein Vater, daß ein außergewöhnlich schweres Erdbeben das kleine Königreich heimgesucht hatte.

Tod Blumenthals 1929

Unser Vater war schon seit einiger Zeit kränklich und daher von der Bergstraße zu uns in die Stubenrauchstraße übergesiedelt. Auch war er in Behandlung bei dem Natur-heilarzt Dr. Graz. Bei uns fühlte er sich umsorgt und gepflegt, so daß wir ihn auf dem Wege der Besserung glaubten.

Gegen Abend des 2. Juli war unsere Mutter in die Bergstraße gefahren, um dort Staub und Unordnung zu beseitigen. So war ich mit ihm allein, als er auf seinem Bett sitzend, sich von mir ein feuchtes Tuch geben ließ und es an seine Stirn preßte und dann wie in Angst meinen Namen rief. Sofort wandte ich mich ihm zu, da war er schon nicht mehr bei Bewußtsein. Der Arzt, den ich sofort herbeirief, konnte nach einigen Bemühungen nur noch seinen Tod feststellen. Auch un-sere Mutter traf ihn nicht mehr lebend an.

Am nächsten Morgen, sehr früh, erklang di-rekt vor dem geöffneten Fenster, das zum Hof hinausging, liedhaftes, meisterhaftes Geigenspiel. Ich lauschte ergriffen; wer war dieser Mann? Mir fiel ein, daß unser Vater sich gewünscht hatte, daß wir ihm in seiner Todesstunde ein Piccicatostück spie-len sollten - was nun nicht möglich gewesen war. Die Musik verstummte. Ich trat zum Fenster; der Mann draußen verbeugte sich ehrerbietig und entfernte sich schnell.

Am nächsten Morgen rief unsere Mutter gleich Gesell an, berichtete, was geschehen war. Er kam sofort.

Ich ging ihm entgegen, und er nahm mich tröstend an der Hand. Es war so gut, ihn an unserer Seite zu wissen. Auf seine Frage erzählte ich ihm, daß ich ganz allein bei meinem Vater war und die Einzelheiten seines Todes. Als ich geendet hatte, sagte er: "Wer so stirbt, den hat Gott geliebt".

In dieser Abschiedsstimmung gedachte ich auf einmal eines Liedes, das der Vater früher gern des Sonntagmorgens nach einer eigenen Melodie gesungen hatte:

"Wohl ihm, er ist hingegangen
wo kein Leid mehr ist,
wo von Mais die Felder prangen,
der von selber sprießt.
Wo von Fischen alle Teiche
lieblich sind gefüllt
und die nie erfüllte Sehnsucht
endlich wird gestillt"

Schiller

- was ich für meinen Vater nun auch inständig hoffte, nach der Zwiespältigkeit seines Lebens.

An das Ende dieser kurzen Erinnerungen an
meinen Vater stelle ich ein von ihm wohl am
Ende seines Lebens verfaßtes Gedicht mit
dem Titel "Vergessen":

Vergessen!

Ich liebe das Wort und ich liebe den Klang
Der seltsam um die Dinge webt,
Der sie mit eigenem Geist belebt,
Und ihnen seinen Königsmantel leiht
Oder sie schlicht in weißes Linnen hüllt - .

D i e s Wort gilt jetzt mir mehr als alle
                                        anderen -
Mehr - als der "Liebe" schillerndes Brokat -
Mehr als der eitle Ruhm der "großen Tat"

Du kleines Wort - Du gleitest unermessen
Wie stille Wellen - die kein Name nennt:
O, sei mein Freund - wenn mich kein Freund
                                        mehr kennt,
Nimm D u   mich dann in Deinen Arm - Vergessen.

                              Georg Blumenthal

Erinnerungen an Georg Blumenthal

von Arthur Rapp

Erinnerungen an Georg Blumenthal
von Arthur Rapp

Natürlich hat Georg Blumenthal bessere Tage und Zeiten erlebt, als man unter dem Eindruck des oben zitierten Gedichts annehmen möchte. Sogar mit großer Befriedigung konnte er auf diese Zeiten zurückblicken. Es war dies zuerst, als er als junger Mann die Veranstaltungen des Arbeiterbildungsvereins besuchte, die damals zu großer Bedeutung gelangten, gefördert unter aktiver Lehrtätigkeit bedeutender Männer, und als ein Novum in der Kulturgeschichte Berlins.

Wer kennt die Völker, nennt die Namen,
die alle hier zur Sprache kamen ...?,

könnte man in Anlehnung an das bekannte Schiller-Gedicht zusammenfassend sagen über die Möglichkeiten, die sich einem wissensdurstigen Menschen boten, um sich in jedem Wissenszweig fortzubilden.

Blumenthal ist es hier dank seiner Intelligenz und seinem Interesse für alles Fortschrittliche gelungen, in freundschaftliche, bleibende, sich sogar bis ins Familiäre erstreckende Beziehungen zu seinen besten Lehrern zu gelangen. Erleichtert wurde ihm dies aber auch, weil er ein sehr guter Schachspieler war.

Dann kam 1906 die Begegnung mit Silvio Gesell, für dessen Verständnis er in geradezu begnadeter Weise prädestiniert war, und für dessen Werk er sich auch sofort und mit ganzer Kraft einsetzte. Als erstem gelang es ihm, eine Anzahl von ihm mit dem neuen Wissen Interessierter zusammenzufassen, so daß er Gesell im Jahr 1909 von der geglückten Gründung der Gruppe in Kenntnis setzen konnte.

In dem Maße, wie sich weitere Erfolge einstellten, wurde Blumenthal zunächst Geschäftsführer, Redner, Herausgeber, Verleger, Redakteur, Zeitungsschreiber, aber auch Verfasser eigener Abhandlungen von bleibendem Wert.

Der ganz große Wurf gelang ihm als Verfasser der Schrift

"Die Befreiung von der Geld- und Zinsherrschaft - Ein neuer Weg zur Überwindung des Kapitalismus"

Sie erschien 1916 in erster Auflage (1. Tausend) und bewährte sich rasch als eine gelungene Einführung in die Gesell'sche "Neue Lehre vom Geld und Zins". Kenner bedauern ihr Fehlen noch in der heutigen Zeit, weil trotz der Überfülle an Publikationen in den vergangenen Jahrzehnten mit ähnlichem Anspruch nichts vergleichbar Wirksames erschienen ist. Eine letzte Auflage (7. - 10. Tausend) erschien im Jahr 1922 im Freiland-Freigeld-Verlag, Erfurt und Bern, ist aber längst vergriffen.

Mehr noch als die NWO [1] hat Blumenthals "Befreiung ..." in der Aufstiegsphase der Gesell-Bewegung zur Ausbreitung der neuen Erkenntnisse beigetragen, dies natürlich schon, weil sie den Charakter einer Werbeschrift hat, volkstümlich geschrieben ist,

---

1) NWO: Abkürzung für "Die Natürliche Wirtschaftsordnung", das Hauptwerk Silvio Gesells

und den Gesamtkomplex der neuen Lehre leicht verständlich zur Darstellung bringt.

Mit dem quasi Abtreten Blumenthals von der Bildfläche der Gesellianer vollzog sich parallel ein ohnehin unvermeidlicher Wechsel in der Zusammensetzung der Anhängerschaft in Richtung zu Mitgliedern von mehr mittelständisch-bürgerlicher Prägung. Dominierend wurde die Vokabel "Freiwirtschaft", auch in ihren Abwandlungen und als Zielbild für das Streben nach Verwirklichung des NWO-Wissens, und dominierend in der Bewegung wurde der Lehrertyp mit seiner Zurückhaltung gegenüber sozialistischen und radikalpolitischen Festlegungen. Auch die ersten Akademiker fanden sich ein.

Die "Befreiung ..." wurde nicht mehr aufgelegt, obwohl sie politisch so zurückhaltend geschrieben ist, als ob nur ein Lehrer (und ein tüchtiger Mann dazu!) der Verfasser sein könnte.

Mit den neu in Erscheinung getretenen Exponenten und Repräsentanten (und ihren Strategie-Konzeptionen) ergaben sich kaum Berührungspunkte, so daß Blumenthals allzeit reges Interesse für alle denkbaren Veränderungen und Neuerungen kaum noch Anregungen erhielt.

Ab und zu, in größeren Abständen, besuchten ihn in der Bergstraße seine älteren Freunde, wozu bestimmt gehörten: Silvio Gesell, Henry Mackay und Bur Suhren. Möglicherweise haben die dabei geführten Gespräche Georg Blumenthal eher zum Bewußtsein gebracht, daß er eigentlich ein sehr isoliertes Leben führte.

Mehr als ein tröstlicher Ausgleich waren demgegenüber seine Besuche bei der alten Familie in der Stubenrauchstraße 9 und das bestimmte Wissen, daß ihn seine drei Töchter sehr verehrten und sich ganz in seinem Sinne entwickelten, die auch (und das sei nicht nur so nebenbei gesagt) gar nicht erfreut waren, als sie erfuhren, daß der im Jahr 1915 zu erwartende Familienzuwachs nicht auf ihren Vater zurückzuführen sei. Von dieser Zurückhaltung hat das Hänschen, als es dann da war, absolut nichts zu spüren bekommen. Es hat aber bestimmt länger gedauert, als man es nach den Gesell-Erinnerungen der Tochter Maria annehmen könnte, bis dieser Punkt ausgestanden war. Man darf sogar annehmen, daß ein ambivalenter Rest unterschwellig zurückgeblieben ist.

Von den Blumenthal-Töchtern war es die älteste, Hanna, die ganz und gar die Linie ihres Vaters, sich für die NWO-Sache einzusetzen, übernommen hat. Sie ist als die am bekanntesten gewordene Schriftstellerin mit Beiträgen für freiwirtschaftliche Zeitungen und Zeitschriften (ab 1924 bis rund 1933 und dann wieder ab 1945 in den "Gefährten") anzusehen. In anderen Organen wurden mehr literarische Aufsätze von ihr veröffentlicht, wie z.B. in der Zeitschrift "Die Ehelosen", die bis 1932 in Berlin herausgegeben wurde.

Hanna war eine ausgesprochene Persönlichkeit, intelligent, vielseitig begabt, auch vielschichtig (wie Dr. Hans Langelütke später sagte), mit großem Freundeskreis, dabei sehr wählerisch. Man konnte viel von ihr lernen. Schon in der Mitte der 20er Jahre befaßte sie sich mit Psychologie: Freud, Adler, Jung etc.

Geburtstagsfeier 1928
bei Georg Blumenthal (vorne)

Hintere Reihe von links nach rechts:

Arthur Rapp
Anna-Maria Burmeister-Schröer
Hanna Blumenthal
Maria Blumenthal
Wilhelm (gen. Günter) Schröer

Als es nicht mehr möglich war, für die NWO-Sache zu arbeiten, wurde Hanna Berufsgraphologin. Sie hatte Kunden, die ihr ein an Übersinnliches grenzendes Einfühlungsvermögen bzw. Deutungsvermögen von Handschriften zusprachen.

Längere Zeit war Hanna neben Hans Timm stellvertretende Schriftleiterin der führenden FFF-Zeitschrift "Die Freiwirtschaft"; sie hatte in der Redaktion einen eigenen Schreibtisch, was bei den damaligen beengten Räumlichkeiten schon erwähnenswert ist.

Außer Hanna Blumenthal war auch ihre lebenslange Freundin Anna-Maria Burmeister (später Schröer, dann Zwintschert) in den Räumen der FKB-Zentrale [2] tätig, und zwar als Mitarbeiterin der Geschäftsstelle, mehr aber noch als Verwalterin der Kassenangelegenheiten, wofür sie von Berufs wegen, aber auch aufgrund ihrer Gründlichkeit, wie geschaffen war.

In der Blumenthal-Familie tauchte eines Tages auch Wilhelm (Günter) Schröer aus Bottrop auf, ein sehr aktiver Gesellianer bereits seit etwa 1920. Von ihm sagte Georg Blumenthal später, er sei in seinen Augen (dem ganzen Habitus nach) "... ein echter Physiokrat".

Günter Schröer gehörte bald, wie Anna-Maria Burmeister schon seit Jahren, zum engeren Freundeskreis der Familie Blumenthal. Nach einiger Zeit fanden die beiden gefallen aneinander. Als sie Nachwuchs erwarteten,

---

2) FKB: Abkürzung für "Fysiokratischer Kampfbund"

heirateten sie und gründeten zusammen mit dem 1928 geborenen Sohn eine Familie.

Bei den meisten wöchentlichen Familientreffen in der Stubenrauchstraße mit Anwesenheit Georg Blumenthals waren Hannas veröffentlichte Aufsätze Gegenstand ausführlicher Besprechungen, wozu auch die Erörterung strittiger Fragen, z.B. in Sachen der s.Zt. in Gang befindlichen WÄRA-AKTION gehörte, eine Aktionsform (Geldstreik), zu der Blumenthal schon in frühen Jahren den Anstoß gegeben hatte. Insofern bekam Blumenthal von den wichtigeren Vorgängen in der Bewegung durchaus Kenntnis.

An dieser Stelle sei noch ein mehr familiäres Ereignis erwähnt, das mit der "Befreiung ..." zu tun hat. Blumenthals Frau Jenny bekam von ihm von der ersten Auflage dieser Schrift ein Exemplar (noch vorhanden) mit der sehr persönlichen Widmung:

"Meiner getreuen und verständnisvollen Kameradin Jenny als Zeichen des Dankes für alles mir erwiesene Gute, wozu vor allem die Freiheit des Denkens und Tuns gehört, die sie mir allezeit zugestanden - sehr oft auch unter eigener Aufopferung ermöglicht hat.

G.B.

Im Juni 1916.

Auf ein weiteres muß noch hingewiesen werden. Georg Blumenthal gilt heute noch als derjenige, der den "Stirnerismus" in die Gesell'sche Bewegung brachte und auch Gesell selbst damit infiziert hat. Alle greifbaren Tatsachen sprechen für diese Version, die aber nicht so stehen bleiben kann und ebenso wie das Werk Stirners einer neuzeitlichen Rückbesinnung bedarf. Einige Hinweise werden sich dabei und vorerst als nützlich erweisen, die einer genaueren Befassung mit der Persönlichkeit Georg Blumenthals entstammen.

Setzt man zunächst voraus, was Allgemeingültigkeit hat, nämlich, daß jeder Mensch in seiner Entwicklungszeit und z.T. bis ins höhere Alter mehrere Entwicklungsstufen geistiger Art durchläuft (wobei es in der Regel zu sich widersprechenden Standpunkten kommen kann), so gilt dies selbstverständlich auch für Georg Blumenthal.

Ein engstirniger Stirnerianer ist er nie gewesen! Daß dem Menschen ein Anspruch auf selbständiges, auch ihm nützliches, antiautoritäres Erkennen, Denken und Tun eingeräumt werden müsse und die Befähigung hierzu in seine Erziehung und Bildung einzubeziehen sei, gehörte bereits zu den Prinzipien der Aufklärungsepoche des 18./19. Jahrhunderts, und viel früher schon, bis Jahrtausende zurück, zu den Grundlagen naturrechtlicher Auffassung.

Es bedurfte aber auch jetzt, in der Neuzeit und wie immer, extremer Befürworter, um der in dieser Richtung sich vollziehenden Entwicklung ein rascheres Tempo zu geben. Verknüpfungen zwischen der in der NWO-Lehre ursächlich enthaltenen Freiheitsideologie und den Schriften Stirners, Nietzsches und anderer Wortführer einer Befreiung aus staatlicher Bevormundung waren insofern unausbleiblich. In keiner anderen sozialreformerischen Bewegung ist das Kapitel "Vom neuen Götzen", enthalten in Nietzsches "Also sprach Zarathustra", so sehr als Rechtfertigung für die eigene skeptische Auffassung vom Staat herangezogen und verstanden worden, wie in der auf Gesell fußenden - ohne aber in das bei Nietzsche zugrundeliegende Extrem zu verfallen.

Man entnahm aber daraus jedenfalls eine Bestätigung dafür, daß man sich im Gegensatz zu der von den Marxisten angestrebten totalen Verstaatlichung von Wirtschaft, Gesellschaft und Kultur auf dem rechten Weg befand.

In dieser Literaturgattung war Georg Blumenthal bewandert, ehe er von der Existenz Gesells und seinen Reformen etwas erfuhr - und wer mehr davon wissen wollte, konnte darüber sogar umfassendes, sei es beiläufig oder beabsichtigt, in den "Stubenrauchgesprächen" erfahren.

An dieser Stelle ist es angebracht, den Satz zu wiederholen: Ein engstirniger Stirnerianer war Blumenthal nicht, ist es nie gewesen - und dies im Gegensatz zu denjenigen Stirnerbefürwortern, die ab 1924 das Steuer zur ideologischen Kursbestimmung für den größten Teil des Mitgliederbestandes der NWO-Bewegung (freiwillig) in die Hände bekamen - mit welchem Hinweis wir uns hier begnügen müssen. Zur Rechtfertigung dieser Darstellung sei aber doch auf zwei Veröffentlichungen in der Zeitschrift "Die Freiwirtschaft", Jahrgang 1926, 19. Heft, hingewiesen, auf den Seiten 357 ff und 362 ff (siehe Literaturhinweise im Anhang).

Wer meint, es gebe doch klare Belege dafür, es beim Stirnerianer Blumenthal zu belassen, lese dessen Schrift "Individuum und Allgemeinheit" (1913). Er wird dann nicht darum herumkommen, seine Vorstellungen noch einmal gründlich zu überprüfen. Blumenthal hat in dieser für taktisches Verhalten gedachten Schrift noch keine klare Linie gefunden; sie enthält insofern Widersprüchliches. Aber gerade diese Fakten sind es ja, die uns heute noch zu schaffen machen. Oder meint jemand, wir seien "in corpore" inzwischen - was die Verständlichmachung des NWO-Anliegens betrifft - wirklich klüger geworden?

Weil die meisten Leser vermutlich noch nicht recht wissen, welche Folgerungen sie aus Blumenthals Gedicht "Vergessen" ziehen können, sei vorsorglich die Frage aufgegriffen, ob in Georg Blumenthals Image etwa ein pessimistischer Wesenszug enthalten oder gar vorherrschend war.

Nun, Pessimisten betrachten die Welt in Übereinstimmung mit Schopenhauer bekanntlich als ein "... unverbesserliches Jammertal; sie sehen in allem Geschehen nur das Böse und Schlechte, dem man sich nicht entziehen kann, es sei denn durch Erlöschen der Existenz und Eingang in ein Nirwana".

Demgegenüber war Blumenthal (wie es alle NWO-Befürworter sind) prinzipiell davon überzeugt, daß die Möglichkeit besteht, ein optimales, von Optimismus und Positivismus erfülltes Weltbild, mit übereinstimmender Lebensführung innerhalb der menschlichen Gesellschaft durchzusetzen - was wir ja in der Tat als konsequente Folge unserer Reformen erwarten. Davon war auch Georg Blumenthal völlig überzeugt.

Man kann Goethes Lebensstil nicht mit Berufung auf "Werthers Leiden" oder auf die tragischen Gedichte "Wanderers Nachtlied", "Mignon" oder "Der Harfenspieler" bestimmen. Auch Henry Mackay läßt sich nicht durch Hinweis auf das Gedicht "Von da an tat kein Tag mehr seinen müden Gang mit Freude ..." als Pessimist einstufen. Beispiele ähnlicher Art mit kürzeren oder längeren depressiven Perioden gibt es in Hülle und Fülle. Welcher Dichter hat sie nicht, und wer kennt sie nicht aus eigenem Erleben? Sehr oft sind sie sogar Ursache oder verlaufen parallel zu Zeiten mit erhöhter geistiger Produktivität!

Solche Abstriche sind auch bei der Beurteilung von Blumenthals Gestimmtheit zu beachten in der Zeit, als ihn die Vereinsamung besonders hart traf. Übermütiges Handeln und sich Präsentieren (wovon allzuviele Menschen in solchen Situationen gebrauch machen) lag sowieso nicht in seinem Naturell, übereinstimmend mit seiner ostpreussischen Herkunft. Am wenigsten war er für oberflächliche Ablenkungen, Gassenjungenlustigkeit, wie er es nannte, zu haben.

Die vielen wertvollen Freunde Blumenthals schon in jüngeren Jahren, seine Kontaktfähigkeit, seine einnehmende Wesensart und sein Wissen auf vielen Gebieten waren eine gute Voraussetzung dafür, später so erfolgreich für die NWO-Sache wirken zu können.

Anhang

Am Grabe Georg Blumenthals.

Gedenkrede Silvio Gesells bei der
Bestattung am 2. Juli 1929.

"Liebe Freunde, liebe Zeitgenossen,

die Kiste, die vor uns liegt, birgt die irdischen Reste unseres lieben Freundes Georg
Blumenthal. Es sind nur die irdischen Reste. Wir werden sie nun in dieses Loch ber-
gen zur Wiedervereinigung mit der Mutter
Erde. Aber wie der Geist Gottes einst über
den Nebeln und Wassern schwebte, so schwebt
auch neben dieser Kiste etwas, was mehr ist
als bloßer irdischer Staub. Etwas, was an
Wetterleuchten erinnert, plant hier und
viele sind es, die Blumenthal gekannt haben, die voller Vertrauen erwarten, daß aus
dem Wetterleuchten sich dermaleinst ein Ge-
witter entwickeln wird, das die Atmosphäre
reinigen und den Millionen, denen das Atmen
in unserer Gesellschaft schwer wird, all-
seitige Befreiung schenken wird. Der Geist
Blumenthals, wie er schon vielen Lebenden
Befreiung von geistigen Fesseln brachte,
wird in stärkster Weise dazu beitragen, daß
dereinst die Nebel gespalten werden und
wenn dann in mächtigen Blitzen der Himmel
in hellem Lichte erstrahlen wird, und ge-
waltige Donnerschläge ängstliche Gemüter
schrecken mögen, dann werden viele, viele
sich B l u m e n t h a l s erinnern und
dann wird Blumenthals Geist nicht mehr über
trüben Wassern schweben, sondern in Millionen glücklichen Menschen wieder lebendig
werden. Wer sich das ewige Leben in dieser
Form vorstellen kann, der wird sagen,
Blumenthal lebt in seinen Werken in ver-
klärter Gestalt weiter und dieses Leben

wird ein kräftiges wirkungsvolles, revolutionäres Leben sein. Auf alle Fälle wird es des Schwammes vieler Äonen bedürfen, um Blumenthals Namen von der Tafel menschlicher Ereignisse völlig zu verwischen, aber schließlich, wie die Wogen gewaltiger Stürme an den Küsten sich brechen und bis zur spiegelglatten Fläche abebben, so werden auch die Stürme, die Blumenthals Geist heraufbeschwört, eines Tages in die Gefilde der Seligen münden. So bald aber dieses Ziel erreicht ist, ist auch die Geschichte der Ereignisse, die dahin führten, vergessen. Erst dann, wenn letzteres erfolgt, wird man Blumenthal zurufen können, ruhe in Frieden Georg, heute aber sitzt Du wie der C i d   C a m p e a d o r   fest im Sattel und kämpfst an der Spitze eines siegesbewußten Heeres.

Ich persönlich stand seit fast einem viertel Jahrhundert mit Blumenthal in enger Verbindung. Wir arbeiteten und kämpften zusammen. Wir ernteten kleine Erfolge und große Mißerfolge. Zuweilen, wenn die Mißerfolge in allzu krassem Widerspruch standen mit unseren Hoffnungen, blinkten verstohlene Tränen in seinen Augenwinkeln. Aber die Hoffnung gaben wir keinen Augenblick auf. Seine Arbeiten waren immer durch die größte Gewissenhaftigkeit ausgezeichnet. Er schrieb niemals einen Satz nieder, den er nicht nach allen Seiten durchdacht hatte und unermüdlich war er in der Erfindung von Einwänden, um sie zu widerlegen. Oft dachte ich, wenn unsere sogenannten Wissenschaftler die Ehrlichkeit und die Gewissenhaftigkeit Blumenthals sich zum Vorbild nehmen würden, die Menschheit auf allen Gebieten mit Riesenschritten vorwärts marschieren müßte.

Diese peinliche Gewissenhaftigkeit war ein Produkt seiner allgemeinen geistigen Einstellung, die ihn dahin drängte, sein Tun in Harmonie mit seinen Überzeugungen zu bringen. In diesen Sinne war er von vorbildlichem Ernst beseelt. Die Unmöglichkeit, dem praktischen Leben christliches Gepräge zu geben ohne sich selbst dabei aufzugeben, hatte ihn frühzeitig dem Kirchenleben entfremdet. Er konnte nicht heucheln.

Er litt sehr unter der U n m e n s c h l i c h k e i t der göttlichen Weltordnung. Die Widersprüche dieser göttlichen Ordnung mit unserem menschlichen Empfinden sind zu kraß, oft direkt empörend. Wer als Mensch in Harmonie mit der Natur leben will, muß vor allem diese Natur anerkennen. Diese Natur aber anerkennen und das System des Fressens um gefressen zu werden als natürlich, d.h. als g ö t t l i c h zu bezeichnen, heißt sein Menschentum aufgeben, sich selbst zur Brutalität bekennen. Wie wahr das ist, ersehen wir aus der Entwicklung, die die Dinge nehmen, wenn wir Christus, Gott den Sohn, auf des Vaters Thron setzen und ihm das Regiment überlassen. Er schont alles, was Gott der Vater dem Untergang geweiht hat. Die Kranken und Schwachen, die Letzten der Herde, die Alten, die sind es, auf die das System des Vaters es abgesehen hat. Die will ER vor seinem Angesicht ausrotten, damit Platz wird für andere, für stärkere, gesündere, glücklichere Exemplare, während C h r i s t u s diese Todgeweihten des Vaters mit all seiner Liebe umgibt, keines vergißt und sich über einen Krüppel, den er kümmerlich am Leben erhält, mehr freut als über 1000 Schmelings, die seiner Hilfe nicht bedürfen. Es war dann die Überlegung, wohin solch christliches Vorgehen die Menschheit mit Notwendigkeit führen muß, die Blumenthals nach Harmonie strebende Seele und sehr oft seine Arbeitsfreudigkeit lähmte. Was hat es auch für einen Sinn in einer Wertordnung zu schaffen, wenn man den Grundgedanken dieser Ordnung, so weit man ihn wenigstens glaubt erkannt zu haben, mit Widerwillen ablehnt, ja verabscheut. Wer wird sich in den Dienst eines Gottes stellen, den man im Grunde der Seele haßt, ja, dem man sich moralisch überlegen wähnt. Man spielt dann die klägliche Rolle L u c i f e r s , der sich auch anmaßt, die auf Fressen und Gefressenwerden eingestellte g ö t t l i c h e Weltordnung zu kritisieren und zum Dank dafür die Faust des Stärkeren zu spüren bekommt. G e o r g läge nicht schon heute in dieser Kiste, er wäre schön rund und wohlhabend, wenn er diese Idee der Harmonie des Menschen mit der Natur als Utopie betrachtet sich in diese Ordnung eingefügt, sie sich, so wie sie ist, dienstbar gemacht hätte. Seht dort diese Lerche, die singend und jubilierend in den blauen Äther emporsteigt, immer höher und höher, um dem Schöpfer ein Ständchen zu bringen. O m n i s s p i r i t u s l a u d a t d e u m , q u i m a n e t i n ä t e r n u m . Ganz recht. Nun aber schaut, wie sie, erschöpft, sich wieder der Erde nähert, wie sie noch ganz gefangen in der Erhabenheit ihres kleinen Gottesdienstes alle Vorsicht vergessend in dem offenen Rachen eines Raubtieres landet. Viele haben solches oder ähnliches oft und oft erlebt, sind dann an ihre Arbeit gegangen, haben Fuhren voller Kartoffeln eingeheimst. Sie hielten sich über das Ereignis nicht weiter auf. O, Georg, auch Du würdest heute noch Deine Ernten einheimsen, lachend und singend, würdest mit allen anderen Geistern Gott loben und preisen, wenn Du Dich der Faust des Stärkeren bedingungslos unterworfen hättest. Oder glaubtest Du etwa, daß der Mensch eines Tages Gottes Thron erstürmen wird, um sich selbst darauf zu setzen? Und würde es dann nicht zugehen wie in Rußland, wo die Bolschewisten den Thron der Kapitalisten erstürmten, um dann mit den Rezepten der vertriebenen Kapitalisten weiter zu arbeiten? Auch eine m e n s c h l i c h e Weltordnung wird ohne brutalste Anwendung des Ausleseprinzips nicht auskommen. Nein, als Christ wird der Mensch immer nur sterben, niemals aber leben können.

Blumenthal nannte sich mit Überzeugung I n d i v i d u a l i s t und E g o - i s t Getreu seinem ernsthaften Charakter suchte er auch das zu sein und nicht nur zu scheinen. Selbst auf den delikatesten Gebieten persönlichen Lebens wollte er seiner Grundeinstellung unter allen Umständen treu bleiben. Der Individualist stellt sich selbst ins Zentrum allen Geschehens, ins Zentrum des Weltalls und läßt Sonnen und Sterne, den Himmel mit allen Göttern um sich kreisen zur eigenen Verherrlichung. Er anerkennt nichts, was des Opfers integrierender Bestandteile seiner Persönlichkeit wert wäre. Mit Erkenntnis und voll Stolz sagt er mit Stirner: M i r g e h t n i c h t s ü b e r M i c h . Mit diesem Satz hat Blumenthal gar manchen vor den Kopf gestoßen und unendliche Debatten ausgelöst bei den von kommunistischen, christlichen, sozialistischen, humanistischen Gedanken Beherrschten und Besessenen.

Wer nach Tageserfolgen hascht, der muß sich
hüten in dieser Welt voll Heuchelei solch
offene Sprache zu sprechen. Aber Blumenthal
kam es ja gar nicht auf ephemere Erfolge
an. Die Echtheit seiner Grunderkenntnisse
wollte er immer wieder zur Debatte stellen.
Und wie es so in der Regel der Fall ist,
der Gedanken- und Herrschaftskreis der Menschen, die von Dogmen, moralischen Rezepten, von fremden Idealen beherrscht sind,
ist sehr klein umrissen und meistens liegt
an der Peripherie dieses Kreises ein wüstes
Gemenge geistiger und wirtschaftlicher Er-
wägungen, die zudem noch auf Trugschlüssen
aufgebaut sind. Diese Gedankenwelt dann
anatomisch so zu zerlegen, daß als Gerippe
des Ganzen der Egoismus des Menschen aus
dem Brei idealistischer Heucheleien heraus-
leuchtet, verstand Blumenthal wie kein anderer.

Der E g o i s m u s . Wie wenige verstehen den Sinn dieses Wortes! B l u m e n -
t h a l s Verdienst ist es, Aufklärung
über den Sinn dieses Wortes in die Massen
getragen zu haben, den Egoismus in den Augen Vieler rehabilitiert zu haben. Der Egoismus als eine Eigenschaft kurzsichtiger,
von Dogmen besessener Menschen zeigt sich
uns allerdings als das, was unter diesem
Worte allgemein verstanden wurde, als eine
Gefahr für unser persönliches Glück. Aber
der Egoismus des I n d i v i d u a l i s -
t e n wirkt sich ganz anders aus ent-
sprechend der I n d i v i d u a l i t ä t
des Einzelnen. Die Individualisten reagie-
ren jeder für sich auf eigene Weise und so
wirkt sich der Egoismus auch auf tausend
oft absonderliche Weisen aus. Sich selbst
treu bleiben zu können, das ist das Glück
des individualistischen Egoisten. Sich völ-

lig ausleben können, sich S e i n e r
S a c h e völlig hingeben zu können, sich
auch für s e i n e Sache wie G i o r -
d a n o B r u n o verbrennen, für
s e i n e Sache wie Christus kreuzigen zu
lassen, das ist des Lebens höchster Genuß,
das gehört zu den Gütern, zu den Lebens-
freuden, die der Egoist allein sich vorzu-
stellen vermag. In diesem Sinne wird auch
nur allein der Egoist für die Neugestaltung
unserer Gesellschaftsordnung zu haben sein,
denn er allein vermag den Satz uneinge-
schränkt als richtig anzuerkennen, daß er
sich nur glücklich fühlen kann in einer
Welt, die allen die Möglichkeit bietet,
glücklich zu sein. Der E g o i s t ist
für die Herstellung des Bürger- und Völker-
friedens, für Gerechtigkeit, für die Schaf-
fung einer völligen glatten Arena, wo es
für den Kampf ums Dasein keinerlei Vor-
rechte mehr gibt. Wie er die Lüge als seinem Glücke abträglich haßt, so frommt er
der Wahrheit, der unbedingten Wahrhaftig-
keit, und wenn er diese Fron bis zur
Selbstopferung treibt, so widerspricht er
in keiner Weise seinem Grundsatz, daß sich
alles um ihn zu drehen, sich vor ihm zu
verbeugen hat, denn hier identifiziert er
die Wahrheit mit s i c h s e l b s t ,
hier opfert er ja seiner Sache. Der sich
selbst treu bleibende E g o i s t , sofern
er tief zu schürfen versteht, ist nichts
anderes als das fleischgewordene Streben
nach Wahrheit und Erkenntnis und die
einzige Kraft, die ihn beseelt, ist der
Wahrheitstrieb, der allen Menschen eigen
ist, dem sich aber in dieser Welt voll Heuchelei nur heroische Naturen hingeben können.

Liebe Freunde und Zeitgenossen: Durch all sein Tun hat sich bei mir die Überzeugung festgesetzt, daß wenn die Umstände es von Blumenthal verlangt hätten, er stets bereit gewesen wäre der Idee, die er vertrat, auch den letzten Dienst, das letzte Opfer zu bringen, und ich würde es feiern, wenn in Zukunft der Name B l u m e n t h a l s erwähnt wird, sich Ihnen das Bild eines Menschen entschleiert, der auch angesichts des brennenden Scheiterhaufens die Fahne des Egoismus und Individualismus hochhält und seine letzten Kräfte zusammenrafft, um seinen Henkern durch heroisches Benehmen Achtung mit der Hoffnung abzutrotzen, daß ihnen dadurch vielleicht ein kleiner Schimmer seiner tiefen Erkenntnisse aufleuchten wird zum Nutz und Frommen künftiger Geschlechter.

dixi."

Diese leidenschaftliche, anklagende, zutiefst erschütternde Grabrede, die Gesell seinem Freunde hielt, dürfte wohl kaum ihresgleichen finden, und sei es für Persönlichkeiten von hohem Rang und Namen. Ich maße mir nicht an, sie zu kommentieren, fügte sie aber meinen "Erinnerungen" hinzu, da Gesell damit nicht nur meinem Vater, sondern auch sich selbst ein unvergängliches Denkmal gesetzt hat.

Maria Magdalena Rapp-Blumenthal

Zum Nachruf Alfred Baders
auf Georg Blumenthal
gestorben am 27.6.1929

Wenn man, wie bei der vorliegenden Schrift geschehen, Erinnerungen aus dem Gedächtnis niederschreibt, ist man versucht, irgendwelche Belege beizufügen, die das Gesagte bestätigen. Je länger die Ereignisse zurückliegen, desto schwieriger ist es allerdings, solche Belege aufzutreiben. In den Jahren 1933 bis 45 ging allzuvieles von dem verloren, was für die Geschichte der Gesell'schen Bewegung von Bedeutung wäre.

Aber ab und zu ergibt sich doch ein überraschender Fund; so jetzt, nachdem die vorliegende Schrift bereits redaktionell abgeschlossen war. Es handelt sich um den Nachruf auf Georg Blumenthal, den Alfred Bader geschrieben und s.Zt. im "FKB-Mitteilungsblatt" Nr. 7/1929 veröffentlicht hat.

Zur Nachkommenschaft Georg Blumenthals gehörig, ist man begreiflicherweise zurückhaltend darin, ihm ein zu hohes Maß an Bedeutung am Zustandekommen und der Ausbreitung der Gesell'schen Bewegung zuzuschreiben, und zieht es vor, anderen, möglichst unmittelbar Miterlebenden, das Wort hierzu zu erteilen.

Diese Voraussetzung erfüllt Alfred Bader vollauf. Genaueres darüber, wann er zur Gesell'schen Sache gestoßen ist, wird sich kaum noch ausfindig machen lassen. Es muß aber zu der Zeit gewesen sein, als die von Georg Blumenthal gegründete "Physiokratische Vereinigung" noch aktiv war. Zu der Zeit lebte Alfred Bader in Hamburg, übersiedelte etwa 1926/27 als Geschäftsführer des FKB nach Berlin, wo ich ihn kennenlernte und mit ihm von da an zu tun hatte. Von ihm erfuhr ich, wie er Georg Blumenthal persönlich begegnete, nachdem sie länger schon miteinander in Briefwechsel standen:

Nach längeren Vorbereitungen hatte Alfred Bader es geschafft, in Hamburg eine Gruppe zusammenzubringen, und nun an Georg Blumenthal den Wunsch herangetragen, er möchte doch zur nächsten Zusammenkunft nach Hamburg kommen, um ihn durch seine Anwesenheit bei seinen Bemühungen zu unterstützen. Blumenthal machte keine Zusage, aber er fuhr zum angegebenen Termin nach Hamburg, besuchte die Zusammenkunft, ohne sich zu erkennen zu geben, und wartete ab, um zu erfahren, wie Bader seine Sache machte. Erst nach dessen Referat lüftete Blumenthal zum Erstaunen Baders seine Identität. Er war mit Baders Ausführungen sehr zufrieden, und teilte dies den versammelten Teilnehmern erfreut mit.

Alfred Bader hatte sich zu der Zeit bereits allen damals erreichbaren Gesellianischen Lesestoff, Bücher, Schriften, Zeitungen und Zeitschriften beschafft und gründlich studiert, war ab 1921 auch Mitherausgeber einer physiokratischen Halbmonatszeitschrift "Die freie Meinung". Er war somit später in der Lage, als Bundesgeschäftsführer in der Bewegung tätig zu sein - und wußte auch genau was er sagte, als er seinen Nachruf auf Georg Blumenthal schrieb.

Für weniger mit der Geschichte der Gesell'schen Bewegung Vertraute sei erwähnt, daß die Benennungen "Physiokratisch" und "Freiwirtschaftlich" insofern identisch sind, als es sich um Gruppen handelt, die beide darauf abzielten, die im Hauptwerk Silvio Gesells, "Die Natürliche Wirtschaftsordnung" vorgeschlagenen Reformen zu realisieren.

Arthur Rapp

MITTEILUNGSBLATT

Für die Mitglieder des Fysiokratioschen
Kampfbundes herausgegeben vom
Geschäftsführer Alfred Bader, Berlin N 20

GEORG
BLUMENTHAL
ist tot. Einer unserer Besten ist nicht
mehr. Am 2. Juli haben wir den kaum 56
jährigen Vorkämpfer der fysiokratischen
Bewegung zu Grabe geleitet. ...
Georg Blumenthal ist tot, aber sein Wirken wird weiterleben. In viele, wie in
mir, hat er direkt das Samenkorn fysiokratischer Erkenntnis gelegt, das er nie
müde wurde, mit immer neuen Anregungen zu
betauen, bis es Wurzel faßte und selbst
wuchs. Nach meinen Kenntnissen der fysiokratischen Bewegung stehe ich nicht an zu
behaupten, daß - wenn auch durch Gesell
die Neufysiokratische Lehre gefunden ist,
wir doch ohne Blumenthal's publizistische
und organisatorische Arbeit kaum etwas
davon erfahren hätten. Wenn Gesell der
Schöpfer der Idee, so war Blumenthal der
Schöpfer der Bewegung! Nicht verkleinern
will ich das Verdienst der anderen Pio-
niere, die sich frühzeitig zu Gesell gefunden und die auch schon der Rasen deckt:
Ernst Frankfurth, Paulus Klüpfel,
Dr. Christen und nicht vergessen die Lebenden, vornehmlich die, die Gesells Lehre
weiter ausbauten und konsequent zu Ende
führten - der Besten Allerbeste, der
Wegbereiter dünkt mich Georg Blumenthal.
Unvergesslich wird er mir bleiben; unver-
gessen Allen, die ihn kannten. A.B.

(Alfred Bader)

Georg Blumenthals einziges erhaltenes Zeugnis, ausgestellt vom damaligen Besitzer der Engel-Apotheke, Berlin, am 30. Sept. 1888

Der Lehrling Georg Blumenthal, geboren
am 29. October 1871 zu Hermsdorf ist
vom ersten October 1886 bis zum ersten
October 1888 mit seinen zwei vollen Jahren in
meinem Geschäft thätig gewesen und
hat sich während dieser ganzen Zeit
mit allem Eifer aller seiner Obliegen-
heiten unterzogen, er war stets
fleißig, treu und solide und hat sich
meine vollste Zufriedenheit erworben.
Ich bedaure es aufrichtig, daß derselbe
um ein Thema zu erlernen
in die Lehre tritt und begleite ihn
meine Wünsche für sein Gelingen,
Fortkommen und Wohlergehen!
Dies bescheinige ich ihm der Wahrheit
gemäß.

  Berlin, den 20 September 1888.

   Albert Graeb

   Besitzer der Engel Apotheke

111

Anhang zur 3. Ausgabe

Zur 3. Ausgabe

Einige Jahre bevor es – um mit ihren Worten zu sprechen – „zu spät war", begann meine Mutter, ihre Erinnerungen an Silvio Gesell und Georg Blumenthal (ihren Vater, meinen Großvater) niederzuschreiben. Sie tat das in Form einzelner Erlebnisse. Mit zunehmendem Alter, sie war schon weit über achtzig, fiel es ihr schwerer, diese Geschichten fortlaufend zusammenzufügen. Wertvolle Unterstützung leisteten ihr dabei ihr Bruder (mein Onkel) Hans-Joachim Führer und ihr Mann (mein Vater) Arthur Rapp, der ihren Erinnerungen noch eigene an Georg Blumenthal (seinen Schwiegervater) beisteuerte.

Die erste Ausgabe dieses Buchs gab 1988 noch mein Vater in kleiner Stückzahl im Eigenverlag heraus. Die Herausgabe der zweiten Ausgabe übernahm 1990 dankenswerterweise die Internationale Vereinigung für Natürliche Wirtschaftsordnung (INWO) mit ihrem damaligen Vorsitzenden Hein Beba. 2010 und 2015 habe ich die „Erinnerungen" als E-Book im PDF-Format aufbereitet. Jetzt, 2024, habe ich mich entschlossen, das Büchlein meiner Mutter erneut herauszugeben, mit ISBN und in allen deutschen Laden- und Online-Buchhandlungen erhältlich. Damit ist die Verfügbarkeit der Erinnerungen meiner Mutter und meines Vaters langfristig auch ohne mein Zutun gesichert.

Gelegentlich werden falsche Geburtsjahre Georg Blumenthals genannt. Auch in seinem Zeugnis in diesem Buch auf Seite 111 ist sein Geburtsjahr mit 1871 falsch angegeben. Die korrekten Daten sind in der Urkunde seiner Eheschließung mit Jenny Führer am 22. August 1898 in Berlin standesamtlich bescheinigt: George Heinrich Blumenthal (überwiegend, auch selbst, Georg Blumenthal genannt) ist am 29. Oktober 1872 in Hermsdorf, Kreis Heiligenbeil, in Ostpreußen geboren.

Anselm Rapp
München, im Juli 2024

Personen:

Silvio Gesell (1862 - 1930) ist der Begründer der Natürlichen Wirtschaftsordnung.

Georg Blumenthal (1872 - 1929) ist sein erster Mitstreiter und enger Freund; er ist mein Großvater mütterlicherseits.

Maria Magdalena Rapp-Blumenthal (1899 - 1992) ist eine seiner drei Töchter und meine Mutter.

Arthur Rapp (1903 - 1990) ist ihr Ehemann (und somit Georg Blumenthals Schwiegersohn) und mein Vater.

Wikipedia-Artikel, an denen ich mitgearbeitet habe:

https://de.wikipedia.org/wiki/Silvio_Gesell

https://de.wikipedia.org/wiki/Georg_Blumenthal_(Schriftsteller)

Vom Herausgeber sind weiterhin erschienen

Georg Blumenthal
Die Befreiung von der Geld- und Zinsherrschaft
Eine leicht verständliche Einführung in die
Natürliche Wirtschaftsordnung Silvio Gesells
Reproduktion der 1. Auflage 1916
Buch   ISBN 978-3-7597-2047-4 € 7,99
Auch als E-Book

Günter Bartsch
Porträt-Versuche von Georg Blumenthal, Hanna Blumenthal, Arthur Rapp und Maria Magdalena Rapp-Blumenthal
Leben und Wirken der frühen Anhänger
der Freiwirtschaft Silvio Gesells
Erschienen 1992 und 1994
Buch   ISBN 978-3-7597-2051-1 € 8,99
Auch als E-Book

Johanna Führer
Der Tiefbesiegte – Gedichte mit Gemälden
Die Freiwirtschaftlerin als Künstlerin
Buch   ISBN 978-3-8448-0114-9 € 9,90
E-Book ISBN 978-3-8448-2215-1 € 8,45

Johanna Führer
Das Kriegsende 1945 in Langenburg/Hohenlohe
Letzte Tage davor und erste Tage danach
in ihrer Wahlheimat gekonnt geschildert
Buch   ISBN 978-3-8391-8909-2 € 4,95
E-Book ISBN 978-3-8482-8940-0 € 3,99

Informationen im Internet:

Anselm Rapp
www.verlag.anjora.de

Johanna Führer
www.johanna-fuehrer.de

Books on Demand
buchshop.bod.de/catalogsearch/result/?q=Anselm+Rapp

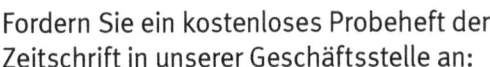